异己/雅克
者

何不度　著

长江出版传媒
长江文艺出版社

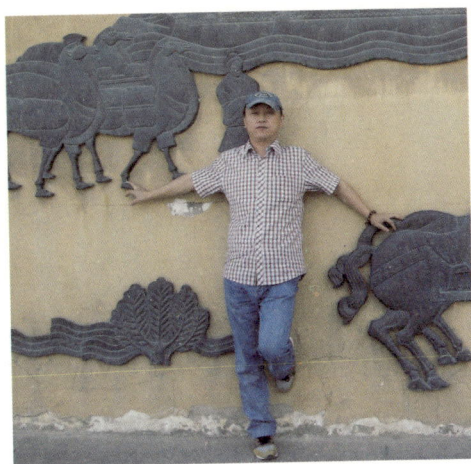

何不度

曾名杏黄天、雅克等，原名何瀚，1970年
代初生于甘肃西和。作品见于《人民文
学》《诗刊》等刊物，曾获第四届"诗神
杯"新诗大赛一等奖与"十佳诗人"称号
等奖项。出版有专著《青城高氏祠堂》、
合著《西部作家的文化姿态》《西北农村
道德观察书》《甘肃历史文化名人》等。
现在兰州市文化发展研究中心工作。

目 录

第二辑　异己者雅克（2007-2012）

题辞 (代序)

一种思维、想象、存在的模式在安慰、成就一个人的同时，也在损害与消磨着一个人。

要与死亡保持步调一致。但问题是我们从来都不了解死亡的步调。

我们追求永恒，我们关注当下；我们是碎片，我们是整体，等等。

关于这一切的预设、构想、捏造、反观、洞察、沉思、实践，等等。

究其根源，来自于我们生的本能与渴望。

也更来自于对死的一无所知与惊慌失措。

死亡是一个大背景、大前提。但在这大背景、大前提之下如何生，更是我们的问题。

我们都是被配置于其中的演员。一切都拜它们所赐：

有关生命、人性的一切，基于有限的对无限的想象，如此等等。

当所有像进入菜市场一样的各种欲望的叫卖声与歇斯底里声都在对抗中相继疲倦与相互抵消中陆续退场之后，那越来越清晰与持久的声音，就是你要坚守的。它是被侮辱与被损害的、被荒废与被遗弃的沉默事物的声音。

一个诗人对自己与自己生活的世界的诚实，就是和这些与自己有关的事物的音高保持严整的一致，这也是"自我庄严"。

— 1 —

分裂的自我和悲伤的诗歌

——一个平凡人和他的创作

邵宁宁

一

何瀚是诗人杏黄天的本名，除此之外，他还有一个笔名叫雅克。只看这三个名字，似乎很难将它们整合成对一个人的印象。杏黄天这名字有点土，雅克又显得洋里洋气。只有何瀚，才使我想起生活中熟识多年的那个朋友。

大约是在 2005 年的夏天吧，其时还在《飞天》做编辑的诗人何来告诉我，有个叫杏黄天的青年诗人要来我所在的学校读研了。这并没有引起我多少特别的注意。只是因这个名字想到，我自己本来也算是个乡下人吧，却一向不大喜欢在那个年代显得过于理直气壮的乡土气。不久后，有了我们的第一次相见。最初的印象是，他个子不太高，却头颅硕大，一张颇有点沧桑的脸，额头已有不少的皱纹，头发也有点稀疏，只那一双眼睛，黑而亮，大而深邃，既温和淳良，又闪烁着一丝聪颖、狡黠的光芒。最出乎意料的是，他有一个乡土气的笔名，写的却是"工业时代"的诗。

许多年过去，如今的他似乎还是那个样子，没有变得更老，当然也不可能变得年轻。见面、说话总是笑眯眯的，嘴角的笑纹，平和而又夹着点儿嘲讽。许多年来，我一直以为与他是相熟的，然而，这一回，当他发给我他的诗选，并要我写一点话时，我却不禁大大惊讶于他的内心之深，惊讶于那许多不易看见的丰富了。我想，这么多年来，虽然隔段时间他总会来与我见面聊天，但我或许并不真的认识他。我认识的只是生活中那个叫何瀚的人，我并不认识诗人杏黄天，也不认识诗人雅克。而想要真正了解一个诗人，还是得认真地读他的诗。

这诗集共分三辑，分别题为"杏黄天的工业时代""异己者雅克""轮回的枝条"。

收入第一辑中的，主要是他早期工厂生活时期的写作。在早先某个地方，我已说过，在中国，其实一直没有真正发育起属于工业时代的诗。虽然早在新诗的初创期，郭沫若已气势磅礴地描绘过"大都会的脉搏"，赞颂过"力的绘画，力的舞蹈，力的音乐，力的诗歌，力的律吕"，然而在其后更长的历史时期里，现代诗中的生活趣味，还是从来没有真正离开悠远的乡村文明。三十年代的艾青，曾声称从欧罗巴带回了一支芦笛，然而我们除了从其早期所写《巴黎》《马赛》等诗看到一些浮光掠影的现代生活意象，更多的时候，就如《太阳》一诗所说，"城市"还只是"从远方/用电力和钢铁召唤它"。施蛰存说现代诗"是现代人在现代生活中所感受到的现代的情绪用现代的词藻排列成的现代的诗形"，但看现代派诸人的实际创作，其文化精神，却还是更让人联想起某种更近于传统的东西。1950 年之后的大陆，主流文学中虽有了"工业题材"的分类，诗人的写作也时或"深入"到"工厂生活"，但看李季"石油诗"一类诗的创作，工厂、矿山的外景之后，透映出的仍还是根深蒂固的农村生活趣味（如《黑眼睛》）。除了一种拥抱时代生活的热忱，作为一种新的生命存在和世界感知方式的"工业"，似乎从来都没有深入到哪个诗人的生命基底。

当然，假如我们要执意寻找，一定还是可以找出一些"工业"的诗。然而，即便如此，所有的视角也都是外在的、乐观的，或自得于作为新生产力代表的自豪，或不断炫示"建设者"的进取创造，所写虽是"工业"，注意的通常还是在人与人、人与社会、人与国家的关系，而很少将表现的对象转向劳动者和他的工具、环境的关系。从没有人写出，像他所写那样的人与机器、人与钢铁之间的那种肌肤相接般的亲近，乃至恐惧！正是在这样的背景上，以"杏黄天"为名的这些写作，显出了它的卓异之处。他并不以之折射什么、象征什么，从而附和时代生活的某种宏大叙事。他所表现的，纯粹是从个人生活出发的生命体验，一个真实生存中的"劳动者"的付出和忧惧。什么是他的工厂生活记忆呢？且看：

> "那些管道在不停地漏水漏气，发出可怕的声音；我在/不安之中荒废时日。窗户打开/为了让它们出去/拉上窗帘躲避；但它们还是很执意地穿进我的耳朵。"//但好像这些管工比我更怕它们（《在管道旁边》）

> 厂房里白炽的灯光下/它们开始靠拢/交换咒语/一台机器走近另一台/当灯灭了/它们发出可怕的叫声/我们及时赶到/看见了他们/集体成为废铁的过程/我开始为我的梦/感到害怕/我开始害怕机器/也热衷于倾轧（《开始（二）》）

> 在一个晚上，当他下班/他看见一个事故死亡/的兄弟，向他走来/他惊叫一声/被一块铁板绊倒/很长时间都不敢起来（《相遇》）

> 一块铝锭，做梦/自己突然变成了一个人/它感到害怕，大喊/惊醒了其他的铝锭/他们齐声质问：/"看，这个人，他站在/我们中间做什么/把他赶开/他打扰我们休息。"（《恐惧（二）》）

何瀚是真在工厂生活过的诗人，从电解工、铸造工到车间主任，中间还一度到工厂人事部门工作，他的工厂生活体验，真实而又贴切，既没有过去那种抽象地以建设者、主人翁自许的豪迈，也没有后来所谓"打工诗""草根诗"所流露出的浅显的人道主义甚或自哀自怜。在他的笔下，工厂并没有从根本上改变生活的苦难和人的寒荒感：

机械彻夜响着，灯光熄灭

冬天到了，万物萧瑟，车间外面寒风呜咽

我又听见你的呼唤，妈妈

哪里生活都一样

为什么你的眼泪一再流淌

（《呼唤》）

在他的这些诗中，也不是没有"积极"的东西。写于 1994 年的《结构工业》堪称最符合这种预期："不再为活着发愁/每天都把太阳托上塔顶/撑起一际蓝色天空/以钢筋水泥的痴执/举起沉默的余生/坚强得不再哭　不再颤抖/接过地神递给的酒杯/一饮而尽"。然而，同样没有廉价的乐观，没有浅薄的期许，有的只是对一个个生活谜题求"解"的心愿。他不曾想为谁代言，但他所写的这一切里，的确不仅有他，也有无数与他有着共同生活的"兄弟"。但也是在这里，我们看到了他试图摆脱这种生活的努力。"他想那是一种耻辱：/减速机坏了，工作停止//接着是训斥、忙乱/梦……都很近/也很远//这似睡非睡的生活/他站起来，离开//他想象自己像一只鸟儿/终于飞离了笼子"。后来的他，离开了工厂生活，但这一切从来都没有离开过他的梦境，从来没有离开过他的生命。

二

我不知道他为什么要给自己取个笔名叫雅克，这个有点法国味儿的名字，让我联想到卢梭，联想到拉康。有段时间，他是读拉康的。有一年，他借去我的《拉康选集》，至今尚未归还。"异己者"三个字，是不是就是拉康的"他者"的另一种表达呢？这里包含的，究竟是他对"自我"的一种失望，还是更包含着对另一个"自我"的期待？无论如何，他对这种自我身份的分裂，有清晰的自觉。写于2008年的《一分为三》说：

> 至少一分为三：夜晚床上做梦的那个
> 为食色奔命的那个
> 独自无语枯坐的那个
>
> 如果再多出一个，你也一样无法拒绝

据其自述，何瀚是一个很喜欢改变名字的诗人，他的本名原来叫何彦锋，读中学时改名何瑜，上中专时又改名何瀚。他的笔名，除了前面提到的，后来还有何不度、舍姆斯，近期又常用两个看上去有点奇怪的日文字母。一个人的名字虽然只是一个符号，但也常常包含着他的家庭或自己个人的某种生活意欲。一个人对自己名字的不断改换，除了某些由外在的原因引起的（如鲁迅之频繁换用笔名），常常也透露出他的某种自我定位、自我实现焦虑。一次新的命名，是他对自己的一次新的定位，一次新的自我实现的期许。人无法拒绝命中注定的一切，也无法拒绝自身的分裂。"异己者"是他对自己"身份"的一种界定呢，抑或是另一种期许？

在他的诗中，我的确常看到他对自我的迷失与犹疑：

那推门而入的是你么？——不是，是风

那激声呼喊的可是你？——不是，是雷

那泪流满面的呢，可是你？

——不是，是雨

那么，你是谁呢？

——我是观众，是演员，是导演，是舞台，是音乐，是演
　　奏者

是已被用坏的道具，是扑向烟火的飞蛾

——我还是

一个自己捏造的梦中之梦，无望之迷魂

独不是编剧

——当我醒来，你早已经不在此地——

（《如是而已》）

　　虽然常面带微笑，但他对生活的态度，并不乐观。虽然他对生活的要求极其简单，就如《询问（一）》一诗所写："说罢，兄弟，什么才能使你欢笑？" / "一间房子，假若有一间房子/我能够在其中做梦。"像一般人一样，他对现实生活的需要，一开始似乎只是一间能够在其中做梦的房子。然而，不同寻常的是，这自问自答接下来却转向了不同的方向：——"我想这并非问题。" / "问题是我不能肯定需不需要欢笑。"

　　假如生活不需要欢笑，那么，对于诗人，它还将剩下什么？无论是从他的诗，还是日常的谈话，都使我感觉出，生活中最使他感

觉烦闷的，并不是一般看来很切实际的那些东西，钱、房子、孩子教育什么的。他有一个幸福的家庭，妻子在他之前也做过我的学生，大学毕业后在一所中学教书。在写于2007年的《爱上一只猪的生活》里，他如此描述自己的生活：

> 每天都要从公园十字出发，途经天鹅湖　水厂　寺儿沟
> 接送8岁的儿子上学
> 回家，小心穿过红绿灯
>
> 在路上会想自己的前世，是否只做了三件事：出生　哭　死
> 都是身不由己
> 来世还只做三件事：哭　死　出生
> 想这次，总可以自己做主，换一个次序了吧
>
> 喇叭尖刺，让我心惊：紧紧抓住儿子的手
> 并对他说：过十字路口要快
> 要躲开红灯，躲开汽车，不能一个人独自穿行
>
> 看着儿子的眼睛，突然爱上了今生
> 爱上一只猪的生活

让他深为困惑的，其实是一种作为生命常态的日常生活的凡庸。在写于2013年的《如此荒唐》中，他如此描写这样的生活："顺便，你就没有看见我/顺便，我就不能忘记你//顺便，月亮升起来/顺便，太阳落下去//顺便，我们就这样活着/顺便，我们就这样死去"。而在之前的《搬砖》中，他还这样描写一个人的生命感受：他"反反复复在做一件事情：搬砖——"而"人群中有太多砖，我看到许多人像我一样在不停地搬/一些人搬出一块空地，另

— 8 —

一些人接着扔进一些／我们都没有时间休息；这还不算／更为糟糕的是，无论我怎么做，它们就是码不整齐。"这种不明意义的劳作，这种有如梦魇的重复，这种无论怎么做都"码不整齐"的感觉，真是一种要命的感觉，同时也是使人深感人生尴尬和生命空虚的东西！与之类似的还有《偏头痛》："爱上打洞的鼹鼠，只向一个方向一个平面挖／这不是他的错。是偏头痛／让鼹鼠总是觉得一边不够开阔／／如果鼹鼠不是偏头痛而是腹痛／鼹鼠或许就会向下打洞，这样就有足够深／如果鼹鼠能够识别光谱，或许他根本就不会／打洞／／但偏头痛总是让鼹鼠感觉自己的洞还离自己／不够远，不够黑，不够静"，读这样的诗，恍惚间真让人感觉在中国的诗歌中，你是否遇到了一个卡夫卡。

在他送给我的诗选中，我还看到他如下一段"诗观"："人性是复杂的，生活是曲折的，没有简单的对与错。""我们更应当看到的是人的生存的问题，是人性的问题，而不只是诗歌的问题。""……如果我们在这里谈论诗歌，那恰恰是因为诗歌在这里处理和安顿的是我们生命中理性无法处理、无法言说的恐惧与情感及需要——是宗教、哲学、道德等无法给我们安慰之后，是科学、物质化的边界一再扩大而我们的情感无法安顿之后，是理性一再深入黑洞而情感的黑洞也一再被挖掘之后——我们被要求：沉思，写诗。"

这是他的根本的诗观，也是他自觉为自己选择的生命存在及意义实现途径。

每次见面，我们都会谈诗。这谈话在我，既包含着批评，也包含着探询。他喜欢很多过去和现在的诗人，但都并不特别过分地崇拜他们。即便对我所推许的一些诗人、诗句，也总能挑出一些可资批评的意见。也常常试图对我因对当下诗坛的失望而做的偏激言论，做一点力所能及的矫正。在这些地方，我都能感觉出他对于诗、对于诗艺的一种热忱。对他，我无需掩藏我的尖刻，无需掩藏我的失望，也无需掩藏我对当下诗歌的隔膜。虽然隔着一层师生之谊，他仍然很坚定，温和而执拗，有时为找不到合适的言辞所苦而将脸涨得通红，只以大而黑的眼睛闪出的热情和聪颖，使我渐感惭愧，渐趋沉思。

不记得是谁说过，一个诗人在历史上总是伟大的、令人景仰的，但假如他生活在你的隔壁，则常常可能让你看到的是笑话。在生活中，我们的确也常常碰到这样的人和事。然而，这说的决不是何瀚。生活中的他，待人接物均极平和、普通，几乎丝毫无异于我们这般的凡人，这也是我喜欢他的一个原因。然而，他自有他的奇倔，他的执拗，他的独异，而这一切，你也都只能见识于他的诗中。或许可以说，他的诗，不仅是让你感动的，也是让你思考的、争辩的。

三

这诗集的最后部分，叫"轮回的枝条"。2005 年后的何瀚，离开了工厂，但并没有离开对生活的苦难感觉，没有离开他的忧伤。而更重要的是，生活、阅读、写作，一样让他洞彻于人生的荒芜。日常生活中的何瀚，勤于思考，不善言辞。与我在一起，虽然很喜欢表达，但总是有点说不清自己的所思、所欲。出于对于一般诗人"高蹈"之习的厌烦，我也常常故意在他在面前说一些很"俗"的话题，劝他做一些很"俗"的事。然而，这其实对他没有多少实质的影响。生活中的他，从来都很低调，从没强调和让我感觉出他作为诗人的特异。

研究生毕业后的何瀚，在政府的一个文化部门找到了一份工作，但这几乎是一种"闲职"。在写于 2013 年的《肉体的挽救成为诗歌的意义（抄袭)》中，他曾用几乎纯然客观的口吻，讲述了这样一个故事：特迪·罗斯福总统因儿子的阅读，偶然地接触到了一本爱德华·阿林顿·罗宾逊早年的诗集，读后觉得很好。他说：

"想法找到这个人。""这个人当时没出过几本书。他正在纵酒，挨饿，也快要没命了。"总统召见了他。对他说："很遗憾，/美国不及英国，/英国有王室费用单——他们/发现一些有特长的人，就给他们终身津贴，/使他们继续发挥专长。如果/在一个文明的国家里，我会把你列入那张名单。现在我不能那么做。/不过，我倒可以在海关为你/安排一个工作。/这样，你将为美国政府服务。/看在上帝的面上，/如果有什么困难，/你就哄哄政府，坚持自己的诗歌创作吧。"显而易见，他在这里，并不是在以纯客观的态度讲述一个故事，而更在以一种曲折的笔墨，表达一个醉心写作而又谦卑的诗人对"一个文明的国家"的期许。

不知从何时起，他开始接触到佛学。他和我见面通常只谈诗，从不谈佛。但我也听另外的朋友说起，他其实一直在认真地阅读一些佛典。我也不知道，除了轮回，佛又给了他怎样的开悟。虽然有着更原始的起源，但轮回说主要还是佛教带给世界的东西，然而，佛教所要完成的，恰恰是对"轮回"的"跳出"或超越。在何瀚的诗里，我还不大看到这种"跳出"或超越，看上去，他还正为"轮回"所苦，然而，也不是没有"跳出"或超越的意愿。不知写于何时的《乌鸦开始歌唱：你算个什么鸟？》，同样先以一种简洁的笔墨，叙述了一个人的庸常、谦卑的生活，以及他的死，然而，在诗的首尾，却都写到了一个旁观者的"我"——"我就是那个透过黑屋子的两个洞看着你的一举一动的那只鸟"：

我看见他们切割他们敲击。之后留下一堆灰烬

我看见你明天不再重复今天的生活。你说：
"你算个什么鸟，凭什么我就得为你歌唱？"

正是从死亡中，诗人看穿了"重复"生活的空虚、无聊，而生

出对另一种生活、另一种生命状态的渴慕。而从"你算个什么鸟，凭什么我就得为你歌唱?"中透露出的拒绝、决绝，也让人产生异常丰富的联想。

年轻时的何瀚，很得前辈诗人何来赏识，其诗也始终偏于沉思吟味一路，他究竟受过何来多少影响、什么影响，或许也是一个颇堪回思的问题。不过，在他心目中的诗的圣徒，还是昌耀。早年的他曾亲往西宁见过昌耀。他后来的硕士论文，也以昌耀为题。如今的他，在诗歌中仍然不时匿名地屡屡怀念着他。

写于2013年的《怀念一个人（二）》中说："在西宁，他仍旧看见他在一隅窗口观看着大街上的人群/铲形便帽一样在人群出没。他不能分辨//他们有什么区别/在塔尔寺，他也一样看见，他对一个喇嘛喋喋不休地说/'礼敬上师！您是知悉轮回的，我来了！'……他来去。人世并没有更好，也没有更糟/他的质询，他手中热乎乎的苞米，他的/空心人、紫金冠。差不多都是一回事啊"。可以看出，从对昌耀的怀念，他所见出的，其实还是某种生命的自证和自悟。

人世生活中的何瀚，是寂寞的。随着青春的逝去，这寂寞还在加深。他有不少写诗的朋友，但似乎从来没有加入某个"圈子"，他得过不少奖，却从来不在人前炫耀，更不因其没有带给他境遇的切实改变而抱怨什么，也不以之为憾，真正使他感觉寂寞的，还是生命中那些真正的离去。

与我一样哭喊的那些人，如今都已不知去向
是我离开了他们
还是他们离开了我

我去了我们以前曾在一起的地方
那里荒草丛生

风吹过，只有我

一头乱发

我看到许多影子，他们不想出声

我明白我所有的努力，最后只剩下微不足道的一点：

我一样也要离开，但我还会回来

（《回身》）

　　我不知道，这算是他对过往岁月的怀念，还是哀悼，但只要是人过中年，谁又能没有这样一些对于过去的感触？"我一样也要离开，但我还会回来"，他究竟是要跳出这种轮回、这种宿命，还是要它不断地延续？从这里，我又一次看到了他的执拗，看到了他对这浮世生活的热爱。和所有那些感伤的或浪漫的诗人不同的是，他并不为自己设置任何的乌托邦。这既包括过往的日子，也包括对未来的想象。他知道，"百草园从来都不存在/百草园只在一个内心为黑暗与绝望所啮噬的成人的梦里"（《故居》），他也知道，人对未来的憧憬，也都像是他所写的阿拉斯加鲑鱼，所有的溯游、历险、追求，都不过是重复着生命的又一次轮回。越到后来的诗歌，他似乎越喜欢讲故事。从《杜甫行》《米拉日巴之歌》《玄奘》到《吼秦腔：斩单童》《吼秦腔：五典坡》《吼秦腔：铡美案》，他的思想不断盘桓、回荡在各类圣徒传说和民间故事之间，而每一次重述，也都更像是他对自己以及自己所属的那个民族的心灵的又一次重新辨析、体认。

　　他的同学建光说，何瀚的诗是中国诗歌的一种潜流，"它现在似乎是隐而未现的，它是混沌的，它包蕴着巨大的能量，等待着冲决时刻的到来"。我认同这样的期待，也欣赏他关于"行走在广袤天地之间的"他，"在为闪耀着光芒的诗篇寻找一个容器，它是有形的，又是无形的"的说法，并且特别地喜欢他的"工业时代"，但仍不敢苟同于他对"轮回"的这种痴迷。

最后，让我们读一首他的《树木之慰》，结束这段诗的行旅吧。

> 在醒来的季节醒来，在舒展的季节舒展，在沉睡的季节
> 　沉睡
> 不问为何。为何，可一次一次捏造
>
> 回到无心之心，回到弱小。在树下
> 与卧在身上的
> 那只虫子
> 交换——
>
> 生死轮回。爱与忧伤

"在醒来的季节醒来，在舒展的季节舒展，在沉睡的季节沉睡"，诗的前三句真是美极了，然而，我却不喜欢它接下来的"不问为何"，不能认同"为何，可一次一次捏造"，虽然生命中的远大追求的确曾使我们一次次失望，然而，难道我们的理想，我们对于生命意义的赋予和探寻，都只是一次次的"捏造"？于此，我可欣赏他怀疑的彻底，欣赏他生命意识的谦卑，欣赏他泰然任之、委身大化的旷达，以及那一种虽然洞彻一切，却仍然不离不弃的"爱与忧伤"，却不能接受这个"不问为何"，不能接受这"为何，可一次一次捏造"。尽管人类对于生命的意义一次次探询，一次次迷失，无不以幻灭收场，但即便如此，我们却仍不该对这样的现实屈服，仍不该停步于任何虚无主义的了然与彻悟。而更应像鲁迅一样，在洞彻"绝望之为虚妄正与希望相同"后，仍然孤绝然而勇敢地反抗绝望；或如海子，即便在了悟"远方除了遥远一无所有"之

后，仍然固执地追问："天空一无所有，为何给我安慰?"

其实，就是何瀚，当他说出这一切，写出这一切时，所进行的，又何尝不仍是这样一种彻底而又执着的探询？

2018 年 3 月 29 日，海口，天涯听风楼

"悲伤，我写过了！"

——读何不度的诗

人 邻

一

诗人何不度还有别的笔名，杏黄天、雅克，也许以前还有我不知道的。一个人有多个笔名，也许是意味着面对世界的惶惑，也许是在不断寻找着恰切的内心抵抗方式。我注意到诗人有这样的话："人性是复杂的，生活是曲折的，没有简单的对与错。不管我们现在生活在哪里，以何种方式生存，我们选择的是那个能让我们继续活下去的存在方式。"除了生活本身，诗和笔名也必定是诗人何不度的继续活下去的存在方式。

1973年出生于甘肃西和县的何不度，我在他的诗歌里似乎没有读到过乡村背景，他反而是迅疾地进入了城市生活，进入了现代性的工业场景，并由此不断探究形而上的精神现场。何不度的诗不为西部地域情境所限，不惟乡土，也不惟城市和现代性工业背景，这让他在无意识削弱了某种清晰特征的背景下，可以更多地遵从内心，更彻底地表达自己独出的思考。

我不大了解他早年的生活背景。他最初的生活应该是在县城，之后进入更大的城市读书，然后在工厂工作。工厂所在地远离城市，偏隅之地，工业化的枯燥环境，心灵敏感的诗人，孤独更是难免。而这种孤独感，却反过来成就了在狭隘的时空中可以不断深入的诗意空间。其过往生活的形而下体验，让诗人反过来更多地关注于形而上。高度的精神焦虑中，诗人不断逼近着诗意的极端体验。

看看他的《歌声》——

> 偌大的厂房里，只有
> 他的歌声回荡
> 嘈杂的机械的响动
> 也像是伴奏
> 我第一次发现
> 唱花儿的这个临夏人
> 是这么地忧伤
> 是花儿忧伤的调子呢
> 还是他的忧伤找到了
> 花儿
> 连人群也像是忧伤的伴舞

　　这是诗人1999年的一首诗。26岁，是可以忧伤的年龄。依旧是抒情的，但已经很是成熟了。虽然还有些单纯，但是有着自己的发现。诗人不同于别人的是，他发现的是——"他的忧伤找到了花儿/连人群也像是忧伤的伴舞"。这里有一个微妙的转换，不是人在花儿里找到了忧伤，是忧伤本身找到了忧伤。这是语言的魔术，但这魔术不需要障眼法。这是语言的"是"，存在于诗人上帝一样的内心里的。

　　在同一年，何不度还写了一首几乎与上面这首迥然不同的诗。诗人的《歌声》在看似单纯的诗意里，已经有着无奈于世情人生的深入。而在这首《关于钢铁》里，诗人适度抑制了抒情，而借助于"钢铁"这一现代性的物质深入了诗意——

> 这个角落里堆满了这些
> 锈红、暗淡的废物

以各种可能的形状

我们并不知道什么

关于钢铁。只有猜测

我们说金属的光芒

说坚硬的质地

还有黑暗等等这些

都只是我们的想象

想象的钢铁

我们锤炼这些钢铁

在其上打孔，制造

我们想要的图案

还有我们的想象

但多么可笑，人这种动物

永远在做自己并不能到达的

练习，梦。一如这些钢铁

一开始就离我们很远

他们有自己的死亡法则

  我不了解诗人的写作发展脉络，但是我知道诗人的这首诗，几乎是从那种近乎单纯的忧伤一步就跨越到了略带理性深度的现代性诗意挖掘。《关于钢铁》也确实是一首"关于钢铁"的诗歌。诗人几乎是技术性地审视一样，逼视着这些钢铁的"光芒""质地"和"黑暗"。而这些钢铁随着人的"锤炼""打孔"和意欲的"图案"，诗人对这个"存在"的背后进行了反复的追问、诘问，意欲挤压出这些现代性物质对人类生活的意义。诗人不是田园爱好者，没有陶潜式的"悠然见南山"，这种审视本身亦是诗人对人类生活存在的逼视和疑问。这首诗里，诗人写道，"多么可笑，人这种动物/永远在做自己并不能达到的练习"，这种钢铁练习的"实在"，亦可以

— 18 —

是人类因由所谓的现代性而进入的另一种虚无。诗人知道"一如这些钢铁/一开始就离我们很远"。诗人这样的表述，决定了这个场景一方面是人的，另一方面亦是非人的场景。而两个场景的相互交织才更深地表现了当下人类的处境，表现了所谓的文明背后的自我黑暗。人和物质的自然关系，早已经为非人性的部分破坏殆尽。人和物质之间丧失了亲和力，而物质之冷漠，带来的是人性随之而来的对万物的冷漠。

世纪之交，2000 年，诗人写下了《呼唤》——

> 机械彻夜响着，灯光熄灭
> 冬天到了，万物萧瑟，车间外面寒风呜咽
> 我又听见你的呼唤，妈妈
> 哪里生活都一样
> 为什么你的眼泪一再流淌

这首五行的短诗，我特别注意到的是"哪里生活都一样"这一句。诗人在他的"诗观"里亦有这样的其实是颇为沉痛无奈的表述。也许诗人并未特别注意到所谓的世纪末情结，可能的只是无意而来的心理暗示。"哪里生活都一样"，这句话跟米兰·昆德拉的"生活在别处"不一样，更有着宿命一样的感受。这句儿子对母亲说的话，再续之以询问母亲的话，"为什么你的眼泪一再流淌"，让人沉痛不已。"哪里生活都一样"，真的是这样么？而母亲一再流淌的眼泪，才更是生活真正"恩赐"我们的。诗人代替我们说出了"哪里生活都一样"，其背后隐藏的其实就是"哪里"的"生活"可能都没有意义，都不过是"生活"，甚至只是"活着"。

二

2005 年至 2008 年，诗人有机缘就读西北师大中文系。这所百年老校，有着深厚的人文历史。近四年的学习，诗人的内心愈加丰富，感受愈加敏锐；而更重要的是诗人理论素养的提升，强化了他的思维深度。诗人这一阶段的不断成熟反映在他的《爱上一只猪的生活》中——

> 每天都要从公园十字出发，途经天鹅湖　水厂　寺儿沟
> 接送 8 岁的儿子上学
> 回家，小心穿过红绿灯
>
> 在路上会想自己的前世，是否只做了三件事：出生　哭　死
> 都是身不由己
> 来世还只做三件事：哭　死　出生
> 想这次，总可以自己做主，换一个次序了吧
>
> 喇叭尖刺，让我心惊：紧紧抓住儿子的手
> 并对他说：过十字路口要快
> 要躲开红灯，躲开汽车，不能一个人独自穿行
>
> 看着儿子的眼睛，突然爱上了今生
> 爱上一只猪的生活

诗人写作《呼唤》之后，七年过去，他的诗歌如期成熟了。诗人的心境已经不再是过去那样的"抒情"，也似乎悄然消失了那种面壁一样的"审视"和"追问"。而是可以坦诚对待万事万物，不

— 20 —

再狭隘地逼视，而是打开胸襟，安妥生命于大道，包容万物，在这随遇而安中，悄然去追问着更深的诗意。这个送儿子上学过马路的细节，让诗人因为新的生命延续，想到自己的一生不过是三件事："出生　哭　死"。但在这样的总结之后，诗人不惟生命的短暂，甚至是单调的循环，而"看着儿子的眼睛，突然爱上了今生/爱上一只猪的生活"。诗人似乎是突然有话说，而这话又绝不是突兀、无源而起，而是生活已经给了他可以热爱的——尽管这可以热爱的依旧是一个短暂的轮回。尽管这首诗的前面还有人生的焦灼，"要躲开红灯，躲开汽车"，但是在这样的焦灼中，诗人审视人生，依旧可以有这样的坦荡、这样的满足。但是，我们深究这满足的背后，依然可以觉察到这是诗人的自我揶揄，是讽喻、自嘲，但其间有着这样的自我悄然满足，人生已经足够。人之为人，其实就是在生死之间的一瞬，但是有这样的心态，就可以像庄子一样的"鼓盆而歌"，就可以像刘伶那样"死便埋我"。这首诗背后的复杂，丰富了它的内涵。

　　一年之后的 2008 年，诗人有诗《一分为三》。我们回头再看看诗人的"突然爱上了今生/爱上一只猪的生活"，忽然会想，要"爱上一只猪的生活"哪里那么容易？35 岁的诗人，如果真的已经能够"爱上一只猪的生活"，也许早了一点。诗人的命运是爱，但这爱是有着它自己的阴晴圆缺的命运的——

　　　　至少一分为三：夜晚床上做梦的那个
　　　　为食色奔命的那个
　　　　独自无语枯坐的那个

　　　　如果再多出一个，你也一样无法拒绝

　　生命的底牌亮了出来。不再是一只猪，一切可以随缘，一切可以听凭命运所为。分裂的，也只能以分裂而仓皇应之。做梦的，奔命的，枯坐的，人生的三种相，已经表述完全。一相三三，三三一相，人无法逃脱，都在此三相之中，无非变换，由一相而至于另一相。而面对于此，诗人更进一步延伸，以"如果"发问，人生也许还会有"多出"的那一个。"多出"的那一个，人一样无法拒绝。甚至那"多出的一个"，诗人也并不能知道究竟是什么，但是必须承受，不能拒绝。不能拒绝，才是人生。

诗人亦有自画像一般的诗。我们再看看他的《偏头痛》——

爱上打洞的鼹鼠，只向一个方向一个平面挖
这不是他的错。是偏头痛
让鼹鼠总是觉得一边不够开阔

如果鼹鼠不是偏头痛而是腹痛
鼹鼠或许就会向下打洞，这样就有足够深
如果鼹鼠能够识别光谱，或许他根本就不会
打洞

但偏头痛总是让鼹鼠感觉自己的洞还离自己
不够远，不够黑，不够静

"偏头痛"在这首诗里是一个隐喻，是诗人内心暗暗寻找生命终极价值的外在化表现。诗人在虚无之间试图建立自己的目标，"但偏头痛总是让鼹鼠感觉自己的洞还离自己/不够远，不够黑，不够静"。诗人这里的"远""黑""静"，不惟是他面对的世界，也不惟是全然的诗意，而是世界和诗意的混合体，是混沌，世界的无形之"相"。而最终这个"相"，要极度满足了诗人自己，才是诗人存在的理由，才是诗人值得付出一切去追寻的那个。诗何为？在诗人何不度的笔下，是"远""黑""静"，是总觉得"不够开阔"，是诗人叹息无奈的"不够"。而正是这"不够"，成为诗人其实亦是整个人类坚忍地生活下去、不断追寻下去的理由。

去年，2017年，诗人写下了《生命》一诗——

风在哪里点燃的，风还在哪里吹灭
从畜生到鬼到人到神
从地球到银河到宇宙
从无路可走到有一条路到有很多路
或者相反吧
从有很多路到有一条路到无路可走
从宇宙到银河到地球
从神到人到鬼到畜生
我们在哪里走散我们还在哪里相聚

这首只有八行的诗歌，诗人祈祷一样的描写极具挤压感，而奇怪的是这种挤压感之后，读者似乎又可以从容无畏起来。"风在哪里点燃的，风还在哪里吹灭"，"我们在哪里走散我们还在哪里相聚"，这宿命一样的诗句指出一切。看似最终的，其实都不会终结，都会有暂时抵达的永恒，而由一个永恒再到另一个永恒。诗人笔下，"生命"可能并没有意义，也无所谓必须有什么意义。什么是生命的意义？意义又是什么？谁都不能回答的。人类不能也不必回答。而无尽循环的"走散"和"相聚"，其实就是生命无意义的意义。老子说："天地不仁，以万物为刍狗"。其实，天地何为？天地亦不自知。天地就是万物，如何能以万物为刍狗？天地不过是天地，是茫茫无极之中的一个瞩目这一切的生命放大了的点。

面对这些没有终极的问题，诗人像哲学家一样追问，而在这样的追问之中，一代代人的生命就悄然过去了。诗人在《为什么还在写：为一个不可能的时代!》里有这样的追问："我的问题不是为什么写，而是为什么还在写。为什么还在写?"诗人没有找到答案，只是这终极的追问，在诗人的内心回声一样升起，"沉思安顿了我们生命中无法言说的恐惧与情感需求"。

这是诗人的回答。这回答也即是诗歌的意义。

2018 年 3 月草，改

第一辑 杏黄天的工业时代

（1995-2002）

第一编：工业时代的乐器

曾经喑哑，愤怒，这些齿轮
链条，曾经断裂、疲倦
青春曾经满脸是梦
虽然沮丧，也曾经
金属的闪电划过
机械雷鸣……
说罢，说罢，开始说罢
开始！人群兴奋，等待
焦虑而又无所适从，企图
改变生活，重新开始

结构工业（组诗）

"我如何才能沉默
让你明白这所有的一切"

钢筋水泥

结构工业的孩子
坐在钢筋水泥的一角
你痴迷你疲倦
工业的帕米尔一片苍白
是什么的力量如此神奇
使你静静坐着沉默不语

钢筋　水泥
现代结构工业的血液和肌体
巨大超拔建筑下的身影
我常常在此时迷失自己
充满结构气息的风
在钢筋水泥柱间有规律地翕合
我感到眩晕和飘浮

一株生命
想呼吸和行动
但钢筋水泥　表面的静物

我感到倾轧的重力
始终都在牵引着我的深处

痴迷的孩子你在静静地等
是这钢筋水泥
还是黑夜的光明
也使你不动
在一瞬间成为一座建筑
比现代结构工业的风景
看起来更为使人振奋
更为震慑和惊异

料　塔

白埃如雾一般罩住塔顶时
我说不出失意
孩子这时在塔顶
眸光穿透迷雾
料塔等待在阴冷的风中
我是一个下料和打料工手
与孩子一样不眠
走在料罐和料塔之间
沉思自己以外的事物

结构工业　抑或建筑
就是我们游离的家
是我们白色的牧场
彻夜都有风声和疾驰

我想我已找到
余生
还不改变姿态的理由

结构工业

毁灭性的零落与永恒
它们也灿烂　也倾山倾河
照亮我和孩子黝黑的脸

渴望有一片绿色苔藓走来
覆盖结构工业或方程　良久
最终使我和孩子
泣不成声
把世俗的躯体和尘埃的额头
植入它的思想
以一个解
唯一　而又固执的方式
拔节　增值

不再为活着发愁
每天都把太阳托上塔顶
撑起一际蓝色天空
以钢筋水泥的痴执
举起沉默的余生
坚强得不再哭　不再颤抖
接过地神递给的酒杯

一饮而尽

孩子和我
也是肉体的疼痛与拒绝
心的战栗与渴望
而我们所要说的方程和它的解
在我们看到之前
就已经感动着

幸福的花朵也在我们的手中开放
它的嘴唇里
有着风声和驱赶
世界依然可爱
我和孩子依旧爬上塔顶
坐在阳光与黑暗的结构上
仍旧操作　　远望
结构工业或方程
孩子和我命定的思想
我们无法破译的哑语
无法推翻的前世约定
沉默地牵引了我们的一生

控制屏

谁使谁的感情失望
此刻
我在一个昏暗的角落里
塑造一个坚强的形象

寻找通向完美的途径
潜心钻研

在控制屏前我总是手足无措
仇恨自己无知
谁的聪明左右了谁的思想
对失败的羞辱
如此敏感和绝望

控制屏
现在站在你面前的这个女人
是失控的幽魂
你完全可以不理她
如对待坠落
一切都只是暂时的
你有这种信心

操作区

你依然是我的兄长
以前　现在　将来
你都是我的兄长

地狱与天堂的差距
语言的魅力
以及道路的宽广
我在想到你时
仍然如想到幸福

想象你给我的春天
感动　忧伤

你依然是我的兄长
以前　现在　将来
你都是我的兄长

被自己的影子吊死
愚蠢得像天才
相信机械甚于一切
激情　希望
一个无人的操作区
我仍然怀抱所有的梦想
在远处眺望

工业时代的乐器 (组诗)

"唱一支歌吧
一支诚挚情迷的歌
让这乐器为你伴奏
这苍美朴实的乐器
工业的机械"

鼓 手

敲醒心
敲醒这个时代的真实

鲜花很多　　但是塑制品
气泡太多　　吹不吹都响

打击心
打击这个时代的伪饰

愤怒站起来　　但是无力挽回
破碎太多　　却与罪恶无关

高扬主题
高扬这个时代的主题

这鼓手是大地的心灵
有着太多思绪
这乐器是工业的心灵
有着坚韧意志

萨克斯风·天车

吹响吧　　吹响
天上人间

尤其是黑夜
尤其是工业的灯火彻夜

所有的乐器都已无力
而你要响起

你说的是一个梦中的时代
是大机械的奏鸣时代

风　　现在到处是风
但没有灵魂的躯壳与涅槃
的灵魂发出金属的撞击

这就是你要说的
而这也是空中机械的根基

小提琴独奏

我是说这是一个女孩的歌声

她的声频好似小提琴

穿越工业厂房　回荡
我是说有人就要流泪

但只是一种隐忧
在大背景的照亮下不能控制

这可是生死恋情
可是一个人对一种生活的刻骨铭心

却找不到来时的声音
却有大机械低沉的回应

月光下的笛子

月光下你开始酿蜜
开始艰辛的历程
你开始按动笛子
开始另一种声音的倾诉
在月光下

你开始让机械合拍
开始组织这些钢性的乐器
随着你的笛子
低低地共响　和鸣

在月光下你开始了你的
另一种精神操练

你开始让工业

挥动它那银色乐杖！

箫　潮

那是独自命名者
把大海赶到了身边
潮起潮落的壮丽
就是一个人于这红潮的流动里
听见了箫声
听见了命运的呜咽和抗争

庞大的钢琴·连铸机

它孤独得只有一列琴键
只有一个动作一个声音
但你却听清了
内在　繁复

庞大的无边的音乐的喷涌
听清了泪流的声音
听清了坚实的脚步

机械和人不死的恋情！

工业城市（组诗）

"在天狮星座骑的呼唤中
孩子出走家园
寻找天空的城市
靠近金属结构的阳光"

电解厂房

逼视灵魂的是更为红亮的阳光
站在电解槽前
常常想到底是冶炼电解质
还是灵魂
火眼注视一切的思想或神光
嘴唇的坚强有如金属
臂膀战胜沉默

天车是一道彩虹
虹下耸立着所有的阿尔卑斯山
同一时刻眼眸中的闪电
虹呜呜隐退
掠走所有山的灵性
集火焰于一身
照亮雄性空间

在这里
是谁使语言的尺度无限地延伸
裸露最后的秘密
灵魂在同一时刻燃烧
面对银白色的液体
挥出沉重的一钎
洒下空前的自信或自卑

天狮星座骑在孩子油亮的额头走过
家园模糊不清
流尽汗水
拥火焰思考
踩火焰飞天
金属结构的阳光环绕

我可爱而又可怕的儿子
你被命名为铝
是城市的眼睛
要告诉你的是
你的父亲剔去了你的衣着
你赤裸着
在城市的天空是羊群的白云

凝固的人生在打壳机下粉碎
渣滓的思想被铲耙撕裂
我行走火焰海出来的儿子
你有理由俯瞰城市

这些还活着的灵魂
和不甘平庸的人们

我的儿子
你天狮星座骑的守护神

铸造车间

河流在这里以固体的思想涌动
我最灿烂或最快感的一刻
是看铝锭走出车间
以另一种形式拥挤城市
和家园的思维

铝锭站起的过程
很能说明一切
结果是寻找坐标系
动作划过的曲线
舞蹈以金属的质感
在身体的每一汗孔流出
我是一块铝锭
蕴藏无限的可塑性
叫喊妈妈
城市天空的银河系

银色的果实是最诚实的劳动
离开语言更是本质
天车女孩

你金属火焰的笑容
深藏的玫瑰
使我习惯于不再仰望你之外的天空

动作　动作
放牧羊群的动作
守护天狮星座的动作
爱情女神回来
重建崭新家园

我永恒的铝锭
源自爱
又超越爱
使城市的窗口洁白
使我不再因为孤独无助
而模糊家园

你佩戴四十七颗钻石
鉴别所有生灵
没有谎言
没有阴谋
没有伤害的人生

我洁白的羊群啊
金属中至为纯洁的英雄
银也自惭形秽
在天车女孩鱼一样的眸子中
在雄性的阿尔卑斯山

只有你如鲜草莓
被痴情地炫耀一生

空　间

此时
切割空间的不再是时光
是灵魂
与洁白的思绪

嘴唇能够企及的空间越来越小

只有赞美
只有月亮
或是白嫩羊群

伤痛在阶梯似的重复中
感奠空间
空间的风覆盖海面
伤痛在火焰中涅槃
在固定的空间中永恒
再生
已是外在的形式

羊群的白云在城市的天空
空间渐次鲜活
灵魂散射光芒
是空间线条的血脉

城市不灭的神光
和家园永远的牵系

天车女孩
工业男性
空间的宝石
孩子的信仰
空间的双眸
天狮星座骑的守护神
因你而永生
而灵栖城市的羊群
而望见家园的归路

堆垛机

假设对你的感情可以堆积
假设果实可以堆积
假设思想可以堆积
假设完美可以堆积
假设梦可以堆积

那么
是幸或不幸
你的道路都会与我的相同
都会对同一机械
沉思

但现在

一切的假设都是徒然

爱你也难恨你也难
我转过身来
对自己说
天空多么广阔
我又多么渺茫
可以堆垛的东西
是如此有限

混合炉

你的春天　你的梦
你的通向光明的机械
在子夜过后
我还在奔波

什么样的混合炉
把我纯金属的想法稀释

双手举起渣滓叫卖罢
如果这世界还有良知
它会阻止

金属的反射 (组诗)

震 惊

这群人的震惊如怒开的花朵
制造灿烂也制造毁灭
虽然他们热爱生活，却似盲目
我自觉他们和我一样
自始至终缺点什么
或许其实是不热爱自己的生活？
在很长的时间里
我们都忙碌而毫无结果：
那么多的生锈的钢铁
堆积在我们眼前
鲜红如腐败不久的血
恐惧和惶惑，这些
逃难的麻雀，如我看到时一样
他们的痛苦并不比我的少

金属的反射

如果金属也有一双漆黑的眼睛
和可以表达动作的四肢
以及极具韧性的肌腱

为心灵而流淌的血液
那么那气锤敲击的
形状，还是它意愿的反射吗
而金属其实无法表达自己
而那操作者其实也一样
从来就没有看见自己
他们的反射都只是
生活的无奈的默许或坚硬的
抗议

迷失的意志

直到一个漆黑的夜晚来临
直到他在黑暗中制造出
同样似孪生的零件
直到光线再次照亮他和零件
一些阴影和一些反光出现
他开始怀疑：这些
被加工成型的零件
是他的意志吗
是金属的再生吗
如此精美和精确

而许多生活，不能全依赖光线
而许多岁月，要在黑暗中度过

热爱（一）

修枝剪叶的生活，金钱
啮食的生活，权力腐浸的生活
生存相逼的生活，梦死亡的生活
麻木适应的生活
最终还有徒劳

我还是对自己说，生活罢
热爱生活，谁能够左右一切
如果尊严、美、爱和正义
已经死亡！拥有又有什么

我也要对所有的人这样说：
热爱，不要阴谋和仇恨

站立的姿势

那么站直，直到是一种气魄
黑色的钢架一动不动
只有来自底处的战栗和冲动
油黏的汗水把肌肤涂成古黄铜
不熄的火焰，一再地躁动
你的站直的苍茫是充实，是轴心
钢绳飞舞，黑练击落长空
偌大的事物都只是你的投影
嘶喊，或是寂然无声

都只是你的表述
那么站直，直到是一种精神
一种信仰；直到忧郁的金属
重新开始歌唱

工业群像（组诗）

狮啸·软弱的隐喻

这狮何以会默首
驯者的竹节牛皮鞭举起
狮似已窥见可怕的灾祸
低低呜咽，哀乞

失却旷野中的雄风
斗志已消泯，身骨懒散
只看到剥皮的死羔羊
想象着鲜嫩血丝的醇香
食物在驯者的盘中

睡去的狮，下台的杂技演员
突然梦见了童年
潮湿森林中腐叶的温暖
一只游走的狮子，大地的王
它的母亲领着它，自然的王

捕获一个奔跑的梦想
一种在血光中临盆的危险苦痛和快感
这只狮梦见死去的母亲。它惊恐

被带到这驯兽表演团
因为食物的精美它已淡忘这仇恨？
或者，并不知仇恨？

这只狮醒来，拒食
面对惊慌无措的驯者
它想念森林中的冒险
为梦醒而烦躁不安
囚笼幻化为眼中的猎物
这才是真正的狮，一跃而起
鬃毛抖擞若数柄利剑
长啸，要找回失去的世界
真正的家园和故乡
真正的食物和梦想

浮　雕

万马腾空的气象，双眸若古化石
放射永久的光刺，对睡去者是警醒

万千颗心，万千呼喊
这浮雕对我们还闭口不提

我也想为这工业镌刻一墙的浮雕
不只有隆起的健美、血汗和痛伤
还要留下呼喊不已的长长的号子
和万千浮像行走的壮观
予我是自始至终的信心：

歌唱的嘹亮；舞蹈的激情

万千浮像的梦却还遥远
我们且夯实我们且挥汗如雨
也还没有光可以照亮内心
只有自身，是活着的浮雕
要给生者以驰骋的勇气

立体火焰

让平板的封闭线立起
让空间的内涵趋美
让梦想的境遇开阔
让色彩丰富

世间至为盈美的火焰！

让圆各具个性
让世界稍为粗糙
让一些人能看清
让言行更符合隐意

是的，这里尤其需要
时刻感受到群心的热浪
说出隐蔽已久的秘密、重负
以及明晰的回答、向往
无悔的行踪和示谕的纯洁

残堡：工业的精神家园

黄月亮爬过残堡，就可以到我的家

我途经一座老人的小屋
如泪的油灯闪烁微光
小心过桥，蹚河
残堡就横在眼前
残堡里没有人
只有风穿断壁似一个人的哀怨
但我必须走过残堡
才能到家，看见黄月亮

黄月亮落下去的地方在残堡的另一头
那是工业城，我的亲人的一座驿站
我不知道黄月亮有没有带去残堡的消息
和似一个人哀怨般的内伤

残堡在我的内心是仅存的
神话传说般的精神圣地
而一座美丽的古城
并不能挽留，虔诚
和对神谕的敬畏。想念：
残堡曾是纯粹的故乡

钟声：呐喊，工业！

一个人如果是一口钟那会怎样：
不再为呐喊的弱声而痛苦？
是那钟声又怎样：
可以打动一颗冷漠的心？

钟声或许是我一生都要等待的
语言：隐秘的心灵符号

却还销匿。我似已听不到
洪涛般流过心的那群人的潮声
没有了启谕

垂暮时分高大孤独的钟
你既享有了远去的执迷
和走近的祈声
你就要说出

被荒废和被遗弃的 (组诗)

生　活

他将碰见缺铁的血液
暗红，如路边败死的玫瑰
挡住他疲惫的身体
他将碰见灰死阴暗的脸
如仇敌相遇，辱怒溢于言表
还有什么尊严或美

一切都将似流沙，阴险
没有火焰，严峻而且丑陋
唉，我梦中的尊严或美
如风的尊严和美
你又都碰见了什么
而不再言说，默然止息

雀　鸟

我想拒绝，想对你说
"不"：我心中的愤怒和倦意
但这一切又能改变什么呢
这个时期，声音太多
我听到的噪声太多

危险而阴鸷

如扑向田野的雀鸟

破坏而后又离去

而它们也显得那么可怜

和渺小，甚至有点肮脏

我没有看到它们和我的区别

它们和我一样

也害怕那高空压来的阴影

它们嘈杂，伤害，仅限于

对同类大呼小叫，指手画脚

街　区

他们不再热爱这些工作

在春天勤奋修剪多病的老树

给路旁的花草喷洒杀虫药物

或者去工厂焊接那些漏气漏水的

管道。他们好像已经厌倦了这一切

这些生活在这个街区的人

好像都染上了一种疾病

只有街边炒股的厮杀声

热闹非凡。只有夜晚三点钟的

麻将，如决堤的洪水

一遍又一遍，摧毁

邻居的没有设防的梦

我厌恶他们这样

通宵唱歌，跳舞

大声喧哗

我厌恶这个时期
甚至厌恶自己这样说
这一切究竟因为什么呢
我不知道，他们厌倦、轻蔑的
神情，要对我说些什么

重 复

这同样将被荒废和遗弃的夜晚
一如昙花，他沉睡
开放只是瞬间的灿烂
或许这就是梦的衣裳
他不厌其烦地抚摸
呼噜有如阴天沉闷的雷声
热衷于说话，让别人相信：
生活并不只是谎言
欺骗和可笑的阴谋
他重复，相信一切都会因
重复而实现。是真实的
只是需要时间
就像所有的梦都需要时间
需要忍耐和等待
而所有的梦几乎都不能经受时间
重复意味着一次一次的失去
更像模仿，正如丧失
是因为没有自省的盲目狂肆
无益于净化和靠近
一如商品的追求。酷似复制

物质的可怕的复制
一切都厌烦喋喋不休
生活中好像更需要倾听
倾听来自自身以外的声音

阳光温暖那些热爱劳动的人（组诗）

开始（一）

曾经暗哑、愤怒，这些齿轮
链条，曾经断裂、疲倦
青春曾经满脸是梦
虽然沮丧，也曾经
金属的闪电划过
机械雷鸣……
说罢，说罢，开始说罢
开始！人群兴奋，等待
焦虑而又无所适从，企图
改变生活，重新开始

既　然

既然是零件，一颗又一颗
铁质的星星
既然在灰暗的天空和碧绿的
大地之间，一切秩序早已存在
既然被铆铆于
固定的奔跑之上
要直到生锈、腐烂、脱落

为何沉言默语，让人害怕
满脸尘垢，苍老麻木
既然有一张说话的嘴

变　幻

你看不清，早晨工业的浓雾
和暮春的黄昏；你看不清
四季怎样变换，人生
怎样无常；你看不清
在车间里碰倒在钢铁
栏杆之下，以为那是树
你倒立着看
看见森林，看见大火
看见火焰的皮肤
从森林穿过

瞬　间

似蚂蚁般忙碌搬运
新鲜或腐烂的金属
美餐；头枕着废铜
如枕着冰冷的食物的
梦想
打包机咔咔嚓嚓，瞬间
一场交易之后
它像丢失了自己，蹲在
阴影下好长时间不想站起

秋 天

书页落在大地上，落在
泥土里，落在厂房顶上
如闪闪发光的金币
梦游者彻夜捡拾
阴谋和财富
他多像蝗虫，奋力
扑打，飞翔
在金属机械的空隙之间
肌肉的耐火砖和
钢筋的血液之间
渴望一个自己的秋天，全部

幸 福

幸福多像孤独，夜晚
凄厉叫声像是
已惨遭不测
吐出过多的风
梦没有栖身之处，梦
感到害怕
察言观色，怕碰到呵斥
冷漠。梦像机械
透过窗口看见星星和月亮
离自己多么远
离幸福多么远啊

幸福独自生活
像那些走动的影子

面　具

四十七盏灯明亮如白昼
红砖墙斑斑驳驳
像同时张开的无数张嘴
我两手空空回到黑暗
就地跳舞，安慰自己
摘下墙壁上人模狗样的
那张面具
对自己好好说，睡罢
明天我会找到食物、水
找到一个六面被钢筋水泥
围困的地方
躺在其中，像死去一样
明天，不必再担心风声
和寒冷，驱赶一个
热爱劳动的人

走廊里的声控灯

空荡荡的走廊，黑暗而且寂静
从大楼的外面看
星星点点的灯光亮着，有时
如人的眼睛，睁开又闭上
穿过黑暗又怎么样

什么声控灯，他对声音
充耳不闻。跺脚者
敲疼了自己的心脏

零点作业

他走进车间。他换上工作服。他
想起黑夜。金属发光
照亮他的脊梁。"我今夜还得
坚持"，他对自己低声说
"但愿这机械没有坏。"
他开启电源。那一刻他紧闭双眼
只用手和耳朵；嘴唇也保持沉默

屈从（一）

她从梦中惊醒，突然坐起
楼道里有人大声哭泣，叫喊：
"为什么总是我？"
她睡下，安慰自己说：
"那只是一个醉汉，不必害怕。"
那是一个典型的流浪汉
他再也听不到机械的呼喊
梦中金属的光芒划过，刺眼
这在他们两者都一样
都得屈从于一种现状：睡去或者叫喊

热爱（二）

减速机、梦、控制屏
在这个地方，他永远似闯入者
钢丝上落满了尘埃
如他的心事。每天
都被放在铁砧上
铁锤击打这个没有家的人
油污使他面目全非
似一个线性单摆
从一个地方到另一个地方
穿过嘈杂，接受冷漠、伤害
但还是热爱
这些金属、机械
如热爱自己的梦或幸福

如　梦

如圆形广场，火焰流动
青春和节奏，这些彻夜的彩虹
狂热变形的表情，以及
所有的金属、机械
好像自己的前途和食物
还有活力，梦中想象的 T 型台
叉车来往，这些繁华
天堂或者地狱，都是生活

渴　望

一座，又一座。机械，如铁塔
闪烁着金属的质地和颜色
钢筋水泥下的热土也一样
迸发着炽热的气息，渴望
黎明的太阳再次照耀，发光

限　度

在梦中，他赤身裸体在钢板上奔跑，呼喊
他打开窗户，风吹进来，他的头发竖起
像一个怪物或是末日的宣告者一样，他呼喊：
"这么多的死亡，梦；这么多的坟墓，麻木
这么多，愤怒；这么多的安静；这么多……"
他跑上楼顶，人群在街道上观看：
"一个疯子。"但他呼喊；伸开双臂
就要飞翔："我不是！你们心中都有一个这样的我
这么多的谎言、欺诈；这么多的戕害、杀伐
这么多，自私；这么多的潮湿发霉的欲望
这么多……钢铁流血，黑夜哭泣
玫瑰枯死，你们看到了：噪音欺骗
噪音有副永不疲倦沙哑的好嗓子
圆桌会议上假牙跳舞；机械背后的狂妄
工业的悲剧！金币粉碎了梦
骗子面目慈祥姣好恶毒，恶毒
汽暖在炎热的车间里咔咔嚓嚓

金属磨牙的声音。齿轮碎裂了
齿轮如受伤的骨头，而他们，他们
用了那么长时间也修不好
阴暗而病态，报复。高层建筑
钢筋水泥的躯体比兰州还高
墙皮上斑斑驳驳，沾满痰迹
污秽。电梯加速，心死了
让我告诉你们，天堂或是地狱
生活的垃圾，生活在垃圾中，垃圾
制造者。垃圾。改变……
于是他飞翔，舒展双翅，掉在钢丝上
于是他喊："我痛！我痒！我痒!! 我痛!! 我痛!!!"

心灵事件（组诗）

歌　声

偌大的厂房里，只有
他的歌声回荡
嘈杂的机械的响动
也像是伴奏
我第一次发现
唱花儿的这个临夏人
是这么地忧伤
是花儿忧伤的调子呢
还是他的忧伤找到了
花儿
连人群也像是忧伤的伴舞

现　象

机械的森林、时光、街巷
他穿越，像一只打洞的鼠
不停地碰见黑暗，以及
光线的交替。他像是未来
时代的人，与现时的生活
相悖。梦见

美、火焰；梦见自己
生活在沙漠之中；梦见
机械的飞沙走石、水、风
作为报偿，他像一株
灌木一样生活
他的刺更倾向于坚韧和
痛苦矛盾地热爱的方向
更倾向于伤害自我的沉默
和以绿色覆盖沙丘的方向

屈从（二）

如果有这样的一间房子：
充足的光线，和可以遮蔽
光线的帘子，及玩具
地上铺着地板革
组成多种图案
他情愿像一个孩子一样地
生活。而不是思考：
他需要一间房子
以便盛放孤独的肉体和
飘游的精神
可如果只是如果
永远是如果。如果多像是
全部的生活。却很远
虽然梦中一切都似真的

他

总是这样，一天天，一月月
一年年，时光流逝
机械磨损，体力消耗
梦减少，迟钝增加
也总是这样，从来都是
郁郁寡欢，除了劳动
除了热爱。像是与生俱来的
我们对他一无所知
我们不知道，是什么
支撑着这个人，以及
他的执迷，而这执迷
正是我们所没有的

事故（一）

因为大地不够坚强
所以需要铺上铁板
因为天空不够明亮
所以需要装上灯管
因为生活不够辉煌
所以需要金属相撞
因为人已不知惧怕
所以需要机械
它的手伸出的地方
我们不能够到达

最　后

我的生命中只剩下一件事可做
那就是沉默
而我的沉默却原是机械的喧哗
机械喧哗，那也原是金属相撞
金属的相撞却是风在动作
而风，风的动作似梦一般
梦啊，梦的疾驰多像沉默
改变了一切，却如从来就未曾
发生一样

劳　动

我说，为了把那些不可靠的事物
表达清楚，而这还不够
我写，为了把那些不可靠的事物
描述清楚，而这还不够
我做，为了把那些不可靠的事物
能够留住，而这还不够
于是我劳动，为了把那些
不可靠的事物彻底消除

关于钢铁

这个角落里堆满了这些
锈红、暗淡的废物

以各种可能的形状
我们并不知道什么
关于钢铁。只有猜测
我们说金属的光芒
说坚硬的质地
还有黑暗等等这些
都只是我们的想象
想象的钢铁
我们锤炼这些钢铁
在其上打孔，制造
我们想要的图案
还有我们的想象
但多么可笑，人这种动物
永远在做自己并不能到达的
练习，梦。一如这些钢铁
一开始就离我们很远
他们有自己的死亡法则

第二编：风与太阳与机械

我沉默的诗篇原是机器的喧哗
机器喧哗，那是金属相撞
金属的相撞却是手在动作
而手，手的动作似梦一般
梦啊，梦的疾驰改变了一切
一切却如未曾发生一样沉默

在工业的森林里 （组诗）

机械丛林

混合炉、天车、铸模
机械的森林；堆垛机
还有人群，有序的流动和动作
思考是混合炉的事情
人呢？偌大的丛林里，人
只要动作，这座森林的灵魂
就光芒四射

那些废弃物

在车间的一角，堆放着钢板
铁钩、砖头和厚厚的一层尘埃
风常常光顾这里，吹起的总是
尘埃，就像一个人站在风中
吹起的总是衣服一样
吹不起来的那些沉重的事物
比如钢板，我怀疑他们
也有思想，不然何以会在风中
呜呜作响

真实和梦

给机械一个梦，机械会不停地
响动；给太阳一个梦
太阳会像混合炉中的液体
因为狂热永不凝固
给风一个梦，风会像我一样
走遍大地，走遍黑夜和白昼
给真实一个梦，但真实不需要
它说："那多奢侈，简直是浪费。"

厂房里的麻雀

厂房里的麻雀是那些参观的人，他们总是叽叽喳喳，飞来飞去
一会儿落在平台上一会儿落在
减速机旁——

厂房里的麻雀转悠了一圈，除了满身的灰尘和噪音
他们什么也没有带走

事故（二）

那么是进去呢，还是逃走？他有些犹豫不决
像是已嗅到危险气息的小小困兽

但没有人注意到他
虽然他感觉到有一双眼睛在暗处窥视

他把手伸进机床之中
突然后悔自己这么做
但那个痛苦的时代已经来临

大海的咸味始终在诱惑着他成为一条
没有咸味的鱼

狮　啸

当森林里万物都已睡去，我听见了狮子低沉悲哀的啸声
当森林里万物的守护神醒来，我听见了狮子
沉重坚定的步履

啊，弱小食草的动物们，我善良的兄弟，请你们
赶快从夜的被子里钻出来，赶快
丢开黑暗的枕头

像我一样，紧随在这狮子的身后
奔向那闪烁不定的火苗

还有什么

灿烂，失落；沉默，喧嚣
一样是生活
寂寞，温馨；坚毅，疲惫
一样是活着

爱，我只有一个愿望

只要一双忠实的眼睛
与我一同哭泣，就值得我
为生命而承受一切

夏　日

无法忘记,夏日车间火笼一般。风的皮肤下,汗水像是血液
……以七百摄氏度的速度流淌……

咸涩的梦想滚落在机械之上，滋滋作响，无法忘记——

金属九百度的红亮比太阳更直接比红玉更美，还有——

炎热的空气，更残酷地从八方四面围困这些动作已经
迟缓而沉重的人：无法忘记——

就像生命无法拒绝食物一样，躯体渴望冰凉，就像——

越来越热的青春盲目执着的梦想，一遍又一遍地重复着

谈　话

我与他原是截然不同的两类
但我们总是对视
直到我头昏眼花，信以为真：
他开始摇晃而我一动不动
我并不怀疑，机械
更想像鸟一样自由

而我却也渴望他的沉静
于是，我盯着这转动的机械
喊叫："我们被什么所牵引
穿过黑夜和白昼，前途未卜？"
"是你的盲目，你的欲求。"
机械一动不动地把这声音送回

参观者

总是这样，像风，来了又去
展示、停留，在机械之间
成为一道景观，忙碌
在劳动者的眼中
在他们的眼中，劳动者
是机械的一部分
其中一个说："你们看，这就是
液体的金属，它的光芒和温度
能熔化一切，甚至金属自己。"
总是这样，感动他们的
并不是这群劳动的人

靠近（一）

黑夜，万物寂静。太阳回归自己
风止熄。黑夜，我坐在机械
之间，内心一片黑暗。我想鲜花
在黑夜，我想掌声、赞美和
辉煌，这些曾经使我狂妄

兴奋和不安。但现在
这些已不再能驱逐
内心的黑暗。我枯坐，倾听
突然感受到自己
以外的事物
一台机械对另一台机械说：
"为什么？活着很美，劳动就是
信仰，你还苦苦追寻什么？"

黑夜，混合炉

无视季节的存在，寒风吹过
也将变得温暖
也没有黑夜，黑夜只是
心的黑夜
那是热爱劳动的人
穿过黑夜的街道、楼梯
睡在黑夜的床上
混合炉里液体的金属已流光
但睡梦中的这个人
与梦醒时一样
眼前是金属的光芒
如太阳一样温暖

抬头看见天车

他回味生活。许多年了
他与这些金属、机械

互相倾诉着内心的秘密
一些走了，一些又来了
生活总是在表象的平静之下
孕育着惊涛骇浪
那是心之潮，固守着一个
他们共有的承诺和梦想
感到孤独时，抬起头来
就看见了天车
就看见天车与自己一样
孤单吗？不
不是孤单所能说清楚的
一切

放　弃

黑暗的鞋子还在门口走动
他放弃洗净夜的污垢
值班室没有人查问
昨夜都是谁在风中行走
他放弃识别卡，情愿与人争吵
工作服是冰冷的，汗渍的盐
会蚀痛皮肤
他放弃穿着它们
被涂上机械的油污
他甚至想放弃生命
为了昨夜梦中的一只苍鹰
它飞过。但歌唱总是好的
何况，生活也喜欢。劳动
还可以驱逐恐惧

界　限

他开始奔跑,穿越人群、金属间的空隙、城市的街道和迷宫
他追赶，但我们不知道他要什么
他扑倒在栏杆旁，号哭
他不理会人群的误解、叹息。他为自己的哭泣
寻找一个声音
而我们或许终生都不能

在管道旁边

我也对他们说：
"那些管道在不停地漏水漏气，发出可怕的声音；我在
不安之中荒废时日。窗户打开
为了让它们出去
拉上窗帘躲避；但它们还是很执意地钻进我的耳朵。"

但好像这些管工比我更怕它们

楼群之间的回声

永远有人叫喊，在楼下
而永远有人听不到，在岁月的窗口
楼角就是垃圾场
捡破烂的永远伛着腰
脸比阳光的背面还暗
叫喊者证明了自己的嗓音

比噪音宽阔，他是成功的
惊醒了沉睡的人
生活总是这样：
留下惊醒者不知所措

沉　默

那一天我在车间碰见他，神情黯淡。机械转动
哐哐当当的声音单调而枯燥
我们都听不见对方在说什么
我们都哭了，但不知是为谁，为什么

恐惧（一）

我侧身穿过金属架，站在高处的天车上
愤懑而又凄然地大喊：
"向前，再向前
你这软弱又无知的人"

而当我喊出声来，我突然感到害怕
他没有听见，而我却被
自己的声音吓得东摇西晃

钢　铁

这样已经很久了，很久以来
唯一的宿爱
就是这群钢铁一样的人

这样也已经有些时候了
在这些人的手掌和眸子中
这群钢铁，沉默寡言

这样还要多久！还要多久才能够
说出：一些倒下去，还会有
一些站起来

机　械

仿佛我们已经适应了，热爱机械
仿佛这机械就是我们自己
内心的声响。而当一个人受伤
机械没有惊叹，沉闷的机械
无视一个人的敲打式的谈话
我还看到比机械更麻木的人
和比人更冷漠的机械
最后相互遗弃，谁也没有说什么

花　园

灿烂的夏天，风吹着
他的脸。眼前的空气
也闪烁金光
突然有人叫喊。他回头
发现，厂房之间的这个
花园。就暂时忘记了
那些苦恼和灾难

忘记了，还曾经有过
无限盲目的追赶

跌倒之后

他跌倒，受伤。脱离控制
就像机械：紊乱以免
泄露秘密。之后
好像什么也不曾发生
他们亲密如初
虽然，内心有过电闪雷鸣
需要这样，一次又一次
以便开始重新生活

靠近（二）

他想那是一种耻辱：
减速机坏了，工作停止
接着是训斥、忙乱
梦……都很近
也很远

这似睡非睡的生活
他站起来，离开

他想象自己像一只鸟儿
终于飞离了笼子

完　成

在两块铝锭成型之间
堆垛机的一次完成之间
他紧张，急躁，思索可能
出现的任何事故。或者
也以此克服了内心的其他
恐惧。而随着时间的流逝
一个人很容易变得迟钝
像锉刀，既打磨也消耗
重复的安全感，梦
却更似麻醉后的迷糊
一如生活本身
庸常是他的状态，光亮是
转瞬即逝后它所留下
的余温和回味

给

师傅，没有了，一切都结束了
而你为什么还不说话
多年前的那轮月亮是黑色的
你大声呼喊，可那个世界的
声音不是你的声音
狂奋的人群要求解决一切
在车间里。其实他们只是在
解决他们自己

除了盲目地叫唤，流泪
敲击铁板钢筋
但并不能感动、改变什么
这一夜你想，世界在虐待
最善良最无能最软弱的人
之后，一切归于死寂
只有机械的响动
好像一把巨大的铁锤
击打着大地这张鼓皮
而你却只有那么一点要求：
"我是人，不是机器！"

等　待

都走了，一个比一个匆忙
洗净身上的汗渍油污
好像梦想的生活从来就
不在这个地方
而我感到忧伤
我怀疑他们带走了所有的光亮
在昏暗的车间里
寂静的生活空空荡荡
寂静的生活包容万物
我看见金属的机架像满布的蜘蛛网
我看见尘埃像无数的幽灵在飘荡
我看见黑色的幕布遮掩了一切
我必须留下来，等待，交谈
看看他们还能说些什么
因为嘈杂已使我疲惫不堪

黑　马

这匹黑马，在我的体内奔突的
这匹黑马，如果我只是活着
或者只为自己，并不能
清除它的饥饿和干渴
还需要梦、睡、死亡
等我醒来，它已饮尽
所有的厌倦，食光
所有的黑暗
以至于这厌倦比歌唱还嘹亮
黑暗也放射奇异的光芒

钟　楼

这时我听到了钟声，听到了
空气的震动和战栗
黑暗中黑暗形成波浪
冲击着冷清的街道
粗糙的建筑
这时我就看到了黑暗的海洋
被钟声的风驱赶
一浪高过一浪，直至
湮没所有高于黑暗的事物

开始（二）

厂房里白炽的灯光下

它们开始靠拢
交换咒语
一台机器走近另一台
当灯灭了
它们发出可怕的叫声
我们及时赶到
看见了他们
集体成为废铁的过程
我开始为我的梦
感到害怕
我开始害怕机器
也热衷于倾轧

一　切

曾经漆黑一片的夜、钢铁、寒冷的风吹熄的火焰、爱，还有
　生活
天空的流星、呓语、机械，以及奔忙……
一切都已陌生，梦
悲伤、绝望，也已陌生

我失去的已太多，不像是我
自己曾经的一切
于是我以诗歌代替信仰，让愤懑填充希望

呼　唤

机械彻夜响着，灯光熄灭

冬天到了，万物萧瑟，车间外面寒风呜咽
我又听见你的呼唤，妈妈
哪里生活都一样
为什么你的眼泪一再流淌

噩　梦

他哭了起来
他继续哭着，并不
阻止自己的行为
也不问。他哭累了
靠在铁架旁睡去
梦见一只猛兽
追赶自己

相　遇

在一个晚上，当他下班
他看见一个事故死亡
的兄弟，向他走来
他惊叫一声
被一块铁板绊倒
很长时间都不敢起来

恐惧（二）

一块铝锭，做梦
自己突然变成了一个人

它感到害怕，大喊
惊醒了其他的铝锭
它们齐声质问：
"看，这个人，他站在
我们中间做什么
把他赶开
他打扰我们休息。"

谈　话

"是啊，那些都是废品"
这我知道：金属的废品
生活的沉渣——
我们看到的黑暗和可怕
而我既不能热爱
也不能害怕
我不能对此说出自己的看法
我倾听——为了
换来一个内心安宁的时刻
——我喑哑

询问（一）

"说罢，兄弟，什么才能使你欢笑？"
"一间房子，假若有一间房子
我能够在其中做梦。"
"我想这并非问题。"
"问题是我不能肯定需不需要欢笑。"

苦　闷

不应该这样短暂，不应该
还没有说完就停下，夜这么长
除了不停地说和不停地做
我们还能拿什么来
度量生命的黑暗

骰子抛起

重金属化为粉末
虚假披一件美丽的衣服
好像被消泯的不是生命。
随洪流而逝
就可以避开异化和隐喻
不切身的规律？
即使你依赖机械、技术、物质
语言代替偶在性
但还是有一些事物
专横地进入又自顾自地离去。

我们的一切似抛起的骰子
一面是假想的幸福
一面是疲惫的受伤
好像不需要生活的选择
好像遵从就是全部

题　辞

我是说这种光芒，众金属的合唱
我是说陷入了这光芒的悲剧
还是拥有了这光芒的神性
我是说渴望，我们的心脏
我是说无上的光荣
或许是难言的耻辱
我是说要为自己留下重金属的弹唱
我是说我们的忧伤在独舞
还是说我们悲痛交加沉默
我是说心脏，我们的渴望
我是说已逝的生命的悲怆
或许是无言的倔强

我要金属燃烧般的天空

不，这不是你所说的那种物质
抑或精神也不是
它并不能清洗血迹，或足印
也不是你所说的那种鞭子
驱赶你奔向另一种人生
这也不是闪亮的金属银鸟
或者一面旗帜、一声呐喊
这不是你说的一切，不是
它也不是苍天的一次布道

这就是悲愤的人生，我们
影子一样活，影子一样死

矛　盾

他蹲着，似一块黑铁
并不相信语言能
改变什么。这里
在堆垛机旁
语言显得伪饰和无用
但是突然，他开口
如暴发的山洪
既淹没了自己
也让同伴感到吃惊

询问（二）

是走进车间，要流汗的
那个人？或许，就是车间
车间里的减速机？
或者，就是热爱
金属？光芒？温暖？
还是什么，梦？
一个空洞的影子？
可是也许，只是
一个消耗体力的人？

歌　唱

也曾经歌唱：关于劳动
咸涩的汗水蚀疼肌肤
脸庞鲜艳若花朵
舞蹈般动作的美感
甚至，疲倦的惆怅也有
彩色的光明
也曾经赞美：劳动的壮观
如潮水的嘈杂和响亮
曾经相信劳动就是一切
一如不能遗弃的梦想

火

然后你呼唤：孤独的人
不要害怕，心存疑忌
要靠过来，要遵从这黑暗中的
呼唤。当你看不清黑暗中的脸面
要靠近火光。要成为
相依相靠的人，兄弟
即使火焰熄灭后还会是
灰烬，还会变冷

述记：沉默的工业

呵，工业的英雄

我何以会无能说出
你们沉痛的高蹈
低落的呻吟
是因为你们的缄默不语？
那么，另一些
我又竟何至于无力叱责？

瞬息已是永恒
无数所谓偶然
留下疾病
即使梦中，也将惊醒

噩梦持续到另一个时辰
那时我们已死去
是同一个质问
碰见另一群人

征　兆

我已感到了无名的喧骚
它的河水浪花溅起
打湿了我的双眼
我激动一如重见光明的瞎子
我的激动淹没了我，以至于
我想嘶声呐喊：
那是什么，那不能看清
和靠近的是什么，却又如此地
牵扯着我

晚　报

于是我想在标题新闻中找到
心灵丢失的招领启事

于是我想通过一张覆盖的嘴
说出事物和人真正的秘密

于是我想在夹缝广告中
找到迷路的自己

黑暗来得如此迅疾
我想极力再添上一笔

发　现

许多时光，许多由尘粒反射的时光
照疼紫色的皮肤，皮肤般的生活
每天都在死亡和脱落的生活
我们都已习惯、麻木
从没有想过：偶然或是必然的
生命与死亡的连动和对接
是及时的叫喊或者阻止，在黑暗中

第二辑　异己者雅克

（2007－2012）

第一编：异己者雅克

至少一分为三：夜晚床上做梦的那个
为食色奔命的那个
独自无语枯坐的那个

如果再多出一个，你也一样无法拒绝

必要的与不必要的（组诗）

人造齿轮

它们在啮合，磨损，向相反方向行走……

现代都市豹

想要他们放我进去，我渴望笼子
自由是在笼中散步

一个拉二胡的瞎子与一个抱小孩的歌手

拉二胡的瞎子坐在市场口的台阶上
二胡摇摇晃晃，断断续续
唱曲子的女人声音高高低低，断断续续
都像是伤口的叫喊

怀中的小孩看清了一切，但他还不会说话
冷风在冬天臃肿的人群中穿梭

无端车祸

十字路口，生前冷眼相向的人

他们现在无比亲热地重叠
还有一百七十八辆汽车，嘴巴
与屁股相遇
死亡让他们重新做了选择。死亡
黏合了碎片：思想的、道德的
……肉体的碎片
曾经像是无足轻重的生命
已然离我们远去

在车间里

他哭了，想起那个事故死亡的兄弟
恐惧让他感到温暖

回　答

让我说罢，让我能平静地述说
可为什么我总是感到愤怒
内心还一片绝望

必要的与不必要的

沉默寡言是必要的
忧郁、孤独、愁伤是必要的
脸部的肌肉温驯地微笑也是必要的
害怕是不必要的

梦中想起

他们，让我吞下白色金属粉末
我在天车上行走
机械的海洋风声怒吼，波涛汹涌
黑暗中那双手抚摸着我的
眼睛、耳朵、嘴巴、骨头和肉
黑暗中我的心因血液而亮红
我无声地叫喊："救救我吧，救救
这个胆小怕事又一事无成的
渺小的人"

事故（三）

那条烧焦的腿
那声撕心裂肺的叫
睡眠不足的眼睛
在光线昏暗的车间里
相遇了
死者终于活在一种真正的无声中

十一级车工第五妹的私生活

女人亮出她那黄油浸渍过的两颗草莓
和吸附了太多重金属尘粒的海绵组织
之后，快感中机械分崩离析

建筑的缺失 (组诗)

青　藏

他们谈论这个地方
好像谈论自己的孩子
可怜的人
他们从来也不了解自己的孩子

月

月圆之夜，我将另一半留给你
它有我的体温，对等而完美
太爱那丝甜了
为此我让自己等待了几千年

只为抬头怅望时，风吹过
我的心中能留下你轻轻的
抚摸和淡淡的叹息……

郎木寺和天堂寺以及其他

然而，只有那些刻满箴言的石头
修道的畜群

播经的风马
苦坐在金顶上的鸽子
……以及藏族小姑娘索泽措清澈的眸子……
才能被加持。

故　乡

为什么要等到没有眼泪可流　口齿不清
她从来就未曾离开　是你的心
闪电已忍无可忍　在异乡布满繁星的天空
她再次找到你：

带来棺木　沾满泥土　潮湿　发芽　疼痛
而你已然听不到那白衣秀才凄厉的呼唤……

米拉日巴之歌（一）

你们会厌倦的
厌倦声色犬马的肉身
就像我厌倦十恶不赦的自己

我米拉日巴曾经历
所以你们终将皈依

乞　讨

她伸出枯枝的双手她紫色她干裂她跪在马赛克上她嘟噜她——

给你左勾拳，学院派诗人们笑了：
诗歌是审美的技巧的娱乐的个人的肉体的……
给你爆炸，左派诗人们高兴：
诗歌是匕首是投枪是审判是绞刑是……

而这个所谓的诗人，他内心黑暗绝望愤怒他是钢筋水泥他
拒绝——

去死吧，死在人潮涌动的大街之上。这就是安身立命的去处

建筑的缺失

他们曾经来过这里。建造房屋、花园、曲折的小径——
他们搭建自己的棚子。
他们：劳作，吃饭，睡觉，夜间偶尔的啤酒瓶子的吵闹和
十二点钟的撒尿声……

在冬天之前，一切必需建好：屋子里要有暖气，花园里要有
  亭子
曲折的小径要有助于餐后的消化，还有

他们好像不在了。多高多美的建筑呀。他们去了哪里？

不知道。你问谁呢？真的不知道。

秋　天

秋天真好，耽于幸福的人真好，耽于孤独的人真好

耽于秋雨真好，耽于落叶真好……

都是秋天的果实，从内心陡峭的山坡上滚下来……
睡去真好

形而上的死与形而下的痛

一九七六年九月，桃花和杏花再次在凄风苦雨中怒放，他跑着
白色的纸花上沾满雨水，一颗一颗。那时他太小了
迷惑的眼神中不知死为何物：她小声说些什么？他听不懂
他害怕。他发抖。他冷

二十年后，这个小孩要长成大人。他一次一次看见死亡
还是那么多的人哭：祖母　爷爷　伯父　妻子……
这个二十岁的身体虽然还没有完全发育成熟，但他也哭了
他开始练习打磨瓷器，殊不知瓷器是不需要也不能打磨的

想想那些时光吧：甜蜜　适宜的疼痛　两小无猜的一对数着
屋檐上掉下来的珍珠，抱着双膝偷看。能忘记和能想起
的一样多。眼泪是因为欢喜，伤心也仅止于短暂
生活在岩石与鲜花之间，他却不能选择其中的任何一个

还要多长时间，他才能做到：只是哭，每当他再次想起
而不是忧郁悲伤。在秋天，泪水中的盐更咸。死更敏感和匆忙
或是只让他悲伤，但没有眼泪。也别去触碰那不属于自己的
是活着的人没有了抚慰。他们要在两者之间保持愚钝

就如一切都没有被质询和关心一样，一切都将遭遇质询和关心

但太晚了，肉体的死不需要太久。太晚了——爱稍纵即逝
一个人的痛或许只与自己有关，能说出的不会太多
时针。指向漆黑的三点。他的心中抽搐头皮紧缩影子远走

能做到的只有这么多了：沉默。狂欢。消失……都近乎完美得
一无是处

爱上一只猪的生活 (组诗)

耻 辱

一次又一次地，我将随时随地打开它，枯坐下来
看着这些蠹虫穿梭如鱼，我不理会它们
它们是自由的，在这个匣子里，它们免于伤害
它们吃，我看着我在怎样减少，又制造出更多的我

这些蠹虫的排泄物，有各种颜色和形状，发育不良
严重的胃病使它们对许多事物已没有了太多的欲望
蠹虫们暗悉事物内部的秘密，它们热衷暗道机关
它们分裂，朝着各个方向奔走，喜欢与仇恨并存

曾经是眉清目秀的少年，瘦削，爱上脂肪和突起
着迷线条，结果却不尽人意：直线节约了时间
却省略了他的需要
他需要沉迷于可爱的醉生和梦死与自己说谎和偷情

我喜欢的，你们是不会喜欢的，是这样么？
是这样的，蠹虫比国家机器反应还要快
它们总是在下一个地方等，它们微笑着
看我自投罗网，它们不听我失败的解释和自辩

"你已无可救药，你只有跟我们走——"
我只有一次又一次打开这个匣子，看着这些虫子
它们是我和我的生活，这些秘密的耻辱，就是一切
我跟你们走——

不再申辩和叫喊，有什么需要申和辩有什么愤和嫉
希望归于希望者，虚妄归于虚妄者。只是还给我吧：
把蠹虫还给我把我的匣子还给我，以后不再是我
总是打开匣子，而是匣子打开我，是我吃蠹虫

病

秋风与落叶非同根，亦非一家
秋风溺于凄促，落叶困于分离
都是病，是病——
让他们在空中，在地上
嬉戏，纠缠，翻滚……
在世人眼前一闪而过

相对于那株十月的槐树而言
冬天就要来了，装饰越少越好

为黑色所累

为黑色所累，我思及透明
怀揣一颗陈旧悲悯的脑袋
内中装有铁屑、蔬菜、鸟翅

这多年来，更多的时候
白天不想夜晚的事
既不暗藏杀机，也不无缚鸡之力
既不深入，也不浅出

过　渡

昨天，还是枝繁叶茂，做梦于其下
今日早起，枯叶满目
想起夏天太过炎热，我们都有些发昏

此时果实累累，皆奔其命而去——

为何，你还苦于纷乱之生，迷于未竟之死
无视之后将是大雪一场

爱上一只猪的生活

每天都要从公园十字出发，途经天鹅湖　水厂　寺儿沟
接送 8 岁的儿子上学
回家，小心穿过红绿灯

在路上会想自己的前世，是否只做了三件事：出生　哭　死
都是身不由己
来世还只做三件事：哭　死　出生
想这次，总可以自己做主，换一个次序了吧

喇叭尖刺，让我心惊：紧紧抓住儿子的手

并对他说：过十字路口要快
要躲开红灯，躲开汽车，不能一个人独自穿行

看着儿子的眼睛，突然爱上了今生
爱上一只猪的生活

从处暑到冬至

曾怀母狮之疾，梦走紫禁城
帝王肃杀，她庸惰
猫步皇家后院，叹息：
二十四归结牙痛、结石、性病

现在醒来，钢筋水泥内宠物
关联三件事：
处暑，居内发疯
白露霜重，网上杀人
独处心思："此生无望者，
且待来生。"

冬至之前，仍安于相夫教子
睡时一样，无语，多疑，恐惧

向死而生

无头者屈伏暗角，小声哭泣：
生命滋养这些乱石、阴鸷、干燥、荒凉
现在身体摊开，山冈滚动

毅然在冬天融化

为自己挖一个坑。高于头顶

习惯堕落。习惯嘲讽

习惯幽灵生活于

街道、人群、噪声

找不到自己

飞檐走壁如何，混世轻生如何

独留一堆孩子

无辜面对苍茫

搬　铁

一块黑铁，三十年，遭逢漏雨

黑身锈红，失去皮肉

三十年，粉尘弥漫

风劲吹。骨头疏腐

搬进木制匣子，已很轻，无形状

梦杀人

斯夜，梦无寐。见导师形销骨枯。怒曰，汝果为诗人，吾与

　　汝三事，吟诗就之：

1. 格杀僭客，无迹可寻；2. 律无类，及弱草幼虫；3. 环肥

燕瘦，可状乎？

肉体平摊开来，诗人病语：肉食者食肉，草食者食草，法则
　　使然？空怀杀伐悲悯之心。

至灵气蒸腾，诗人壁立：梦中杀人一次，自提其头，非为导
　　师故。为己把玩便：

出窍入窍，适得其所耳！

吼秦腔！铜雀台（一）

少年迷恋各色脸谱、动作、声音
一样厌烦曹操喜爱关羽：刀起刀落，何其快哉！

30 岁身陷唱词，亦时常想起这个建安诗人
他说："……绕树三匝，何枝可依？"

如此这般，今回味，皆苦音绝心

丁亥年十二月二十九日记

曾经夏天，辣子二元五角一斤；大雪封路时，涨至十二元；
　　此前六天，九元
今天是捉鬼集。今天捉鬼。等至黄昏："不挑不拣，十元一
　　斤便宜你！"

此刻感觉有手伸入口袋。皆相视：无奈一笑

"也没几个钱，还不够买两斤辣子呢。"

那人低头匆匆走开。我无色，亦背他去，回家
活着：耻于抒情，耻于愤怒，耻于浅薄，耻于仇恨，耻于有
　病，耻于言不及义

丁亥与戊子裂离辞

丁亥、戊子皆轮回，与自己距离 60 年。其间，丁亥与戊子距
　离零点
零点之前：丁亥醺然；零点之后：戊子翻天。今年，它们差
　别于：
五个吉祥物，每个吉祥物人民币 60 元。此为证物

生与存相距不止一个黑窑。而我们，相距亦不止一个太平洋
其间隔着梦、关节炎、号啕大哭、天堂、哆嗦、死、爱……
诸如此类词语与生活

临走之前，你要擦干净窗户，认真拖地，洗晾遗物……
回味少年时代：肉体炽热，曲线毕露，气息迷人。一再被
　训导
如此聪慧，幼时却已暗疾藏身。老来痴呆，在所难免

刽子手举刀。主审官问："你还有何话可说?"
正色言："去你的，白痴，说了你也不明白!"
在一头猪与一只耗子之间——拒绝选择——

从中山桥到西柳沟

从中山桥到西柳沟
没有直通车
如果你非要找到一辆
那就找吧，没人拦你
他们都在忙着倒车

在医院作《关于蟑螂之生活习性与革其命及成功之理由》论文一篇

在医院里，蟑螂是最健康的。这一事实曾使我无比烦恼。
也促使我必须尽快将自己的研究成果公之于世：

吾研究蟑螂有年，今因病而闲暇，故就之。限于篇幅，仅录
　结论如下：

1. 蟑螂性喜呕。凡蟑螂经处，皆脏，人亦厌之；
2. 蟑螂惧光，或遇光必逃逸。此为其缺一；
3. 蟑螂无自翻身力。吾每见腹天背地之蟑螂，耐性细察，其
　终死于为翻身而尽耗。此其缺二。

吾毕生所探于此。愿与各位同仁商榷。若智者察之，或助
　益，无憾矣！

人物谱（组诗）

噩无相

苍鹭独立秋日滩涂，它不鸣叫
内心芜杂，不抓鱼
此刻腥味使它厌倦，厌倦的还有
其他苍鹭挑逗的影子

黑豹夜啸，兽类惊恐
树叶离开树枝，啸声中碎裂
黑豹只追发光体，黑豹等待
另一个让它惧怕又窃喜的物体

是晦气，晦气啊，晦气滋养你们
这些软体动物，坚硬三秒

春天适合……

春天适合……当我写下，我不能做
春天适合……当你读到，你不能想

这里，夭桃秾李
你我重新来一次

只远观，不近狎

砍树造美

不为造房子、取暖、制棺木
热爱砍树，只为搞清每一棵树的年龄和他们的心

热爱更多的同心圆，与那些造房子、取暖、制棺木者一样
砍树不是开始

而在你们眼中，这个砍树者比泥瓦工、食客、木匠更美

关于小鸡

有以下几种说法：关于小鸡，啾啾鸣叫的那只，在夏天
将是烤鸡；胎死腹中的那只，被称为坏蛋
一只很小时感冒死去，嫩黄色绒毛沾满污浊之物
另一只是你踩死的，只因为它在你脚下跑来跑去，它冷
你无辜，你因此伤心，它亦无辜，它因此没命
最后那只颐养天年的是塑料鸡，不过已说不清颜色

法则不遵循道德判断。道德自己放纵
你鸣叫，你胎死，你感冒，你无辜……
你还要做一只塑料鸡，如是，你活着：不下蛋，不鸣叫

一分为三

至少一分为三：夜晚床上做梦的那个

为食色奔命的那个
独自无语枯坐的那个

如果再多出一个，你也一样无法拒绝

杜甫行

759 己亥肃宗乾元二年，杜甫度陇：赴秦州，经法镜寺
青阳峡、龙门镇、积草岭、泥功山
在凤凰台，他依然要作诗以遣怀：
五言、七言、绝句、律诗、扭体，沉郁顿挫，不一而足
这一年，他的敌人依然不止三个：
饥饿、居无定所、多病、对一个王朝的忠心……

一个王朝的衰落，他看见，陇右的潮湿、阴雨他看见
拾橡栗，掘黄独，他看见
司农少卿的女儿独自奈何：卖衣物，买棺木，殡岳阳
他看不见
他看见之人事物，是他无力改变之人事物
左拾遗他看见，检校工部员外郎他看见
但敌人依然不止三个，没有减少

还是去成都吧，但那又怎样——

11 年后，770 庚戌代宗大历五年，五十九岁的杜甫
依然不会看见，在这个冬天的 11 月
他竟要客死于潭岳间的一条小船
司农少卿的女儿必须让他继续走，但也仅止于岳阳

杜嗣业也必须继续：四十多年后
于洛阳偃师，祖父的棺木与骨头，才能回到首阳山上

这个他一样看不见，看不见的还有。但那又怎样——

轮　回

那时，虎豹虫豸、蚊蝇雀蜂肆虐。出一人，驱之，杀之。世
　　间暂得清净
六十年后，它们转胎。作恶未尽者还需作恶。驱杀者现被
　　驱杀

徒余悲哀之人，无论正面、侧面、颠倒、背后看，性状更其
　　无用

从无效的角度看过去（组诗）

两棵树

是雪，使之前从未相遇的部分相遇
如果它们呼吸，吃喝
它们一同白与温暖

那些积雪的空洞部分，就是它们的家

果　园

躺在苹果树下。粉红色的苹果花瓣
轻静地在风中奔跑
落在肩上的那一瓣，开始让我思虑：
一只虫子，究竟能走多远能活多长
花香并没有让它更迷人
对于花也一样，今天看见的这朵
是否会成为果实，也值得怀疑

若一切都如期实现。再次相遇
那时不在果园
我们还能相互辨认么

吸毒者

曾经迷恋的肉体，不再散发芳香
绚丽的植物，也已枯干无色
无休止左奔右突，其实
只为一件事——

为此
现在需要这样：腐烂萎缩慌张

爱闹市

一些坐 8 路去五泉山，一些坐 76 路去天鹅湖
106 路车开往小商品批发市场
对面戴太阳镜的人，要去西部欢乐园……

这些嘈杂、混乱，给他空白与耐心
等一个人到来，开着出租车。问也不问
就知他想去的是——人间酒吧

侏儒、瞎子、跛子与其他

侏儒有两个朋友：一个是瞎子，一个是跛子
其他人都是他的敌人
瞎子没有眼睛，侏儒有，他们合作
跛子是无动于衷者，对他来说，没有端正的事物

走过拐角处的人群，更喜欢看他们
一个收钱，一个领路，一个操作乐器唱歌

槐　树

修辞无效，迷宫无效，鄙视无效，压迫无效
槐花的清香无效。槐树生活在大街两旁

槐树已没有听觉、嗅觉、视觉、味觉、判断
槐树好像已经乐于这样

这样，他避开了修辞、迷宫、鄙视、压迫
清香要独自穿过噪音、污乱
告诉那个寻找者，槐树在哪里

坐车去西站

A. 坐着还是站着

未上车之前就想好
上车要站着
站着腰不疼
站着不说话腰更不疼

临上车才发现
不坐也不行
那么多空座
不坐别人会说你

有病

B. 坐车去哪里

上来一个蒙黑纱巾的女人
只有一块钱
售票员问去哪里
她说去终点站

哪个终点站
她说去终点站
售票员说终点站一块不够
她说就去终点站
一块

C. 坐车去西站

坐车去天堂歌舞厅
坐车去天堂歌舞厅的路很多
有时会迷路

坐车去西站不用倒车
去西站的路只有一条

D. 天堂不收穷人

因为他们活着的时候
总是相信
死后就可以去天堂

E. *决绝*

犹大和上帝
一个都不宽恕

为内心的黑暗，是一面镜子
为肉体的伪饰，是一把匕首

你到不了极限

温柔者，你要让我痛不欲生
冷酷者，你要让我喜极而泣

自我判断无效 (组诗)

小鸡成长史

由幼年到成年，大致不过六月
于它而言，绝对漫长：
从窗户飞出二楼，落在楼后花园
需要两月
被狗咬，认识到不可普遍交结
学会逃跑，又需要一月
天暗躲在楼角，等待一个人
捉它去一个安全的黑屋子
是在五月之后

这些对它产生决定影响的事件
谁会注意到呢

祖母颂

每次与父亲通话，都要问：祖母好么？
父亲说：还好

祖母要活过 90 岁呢，我给父亲说
这样，至少在祖母逝去之前

还有人记得我的生日

孤立者

冬天湖边野鸭，喙伸进翅膀
蹼藏于肚下，眯眼看世界——

灰蒙蒙一片

于它，现在更多的时间是
单腿站立更易寻得平衡

忧　伤

樱桃在樱桃树上，只有三棵
在三棵樱桃树上
青涩的樱桃自己青涩
红亮的樱桃自己红亮
熟透的樱桃，自己落地

自我判断无效

瞎无色，聋寂静，跛倾斜
烦忧自执

问题还将在于
内心这些机械装置：
显像管、放大器、纠偏仪

亦或坏或弃

然世界如此多彩、有声、端正
尔何患之有

毒蛇蜕皮

应当有一些时间：不吃，不喝，不理世间万物
专心于冬眠或自杀：让魂魄出游
为它所欲为

是这些时间：制造另一个极具耐心的理由

黄龙忆旧

一天用来爬山，听鸟鸣，观五彩池，朝拜寺院
腿忙碌，大脑迟钝

还有一天：回忆那些蓝、钙质的隐痛以及喜欢

未见燕子溺水

扑通一声，因逐觅蚊虫而点水的燕子
这次落入池塘。惊怵之余望去——

水泥池塘四壁方正，无处上岸
我立此岸，燕子奋力于彼岸

但那里也一样。池塘之外还有铁网
当我绕至彼岸，看到的是一只青蛙
在游水

这个安排正好
未见燕子，就可以对自己说：
是我看错，那扑通一声是青蛙跳水

非诗歌：死亡文本 * （组诗）

民工说

这片树叶，将永在路上——
亲人啊，以后如果你们再看到
枯黄、干瘦、飘落
那是我五次三番要赶去家乡

在动物园

黑豹与孩子对视
黑豹呼啸，孩子惊悚
妈妈说："不用怕，有笼子呢。"

当孩子明白问题所在
黑豹安静

当困兽终于懂得自己是困兽
孩子无忌

夜半时分

星高夜阔时，剧作家出走

贾岛的这出戏少了一扇门
抬起的胳膊，停在黑暗中

草夏天枯黄

有些草在夏天枯黄
这是反季节死亡
是绝对不能容忍的

兰州城倒立之后

仍旧无碍观瞻，仍旧无性繁殖
从西关十字到五泉山
从黄河铁桥到西站
迷路者仍旧迷路，倒行者
仍旧倒行
被死亡唤走的人，如此匆忙
以至于我们
视而不见

想起车间

十三年来，留下后遗症。冬天，大雪
都会想起那座窗户没有玻璃的车间
风吹后背，且冷且直
我们都说，装上玻璃吧
但听不见
天车轰鸣，机械转动，叉车穿梭

噪音混响遮蔽一切

在梦中，我们奔命，为身后的温暖

死亡文本：提前返乡

民工表弟于房龙的文本：

1
"妈妈，我要回家
来时只要带上回家的路费就行
整个秋天，我都躺在床上
我快要死了，带我回家吧，妈妈
让我死在出生的地方
妈妈，快来吧，带我回家
来时只要带上回家的路费就行"

2
"爸，给我再盖上四床被子，压结实
我看到了鬼，它在叫我走呢……"

舅舅的文本：

3
"他可能要死了，你快来吧"
当我到那个肮脏黑暗的旅馆
舅舅蹲在床边，头陷入双膝

4
车早晨 7 点 40 分由兰州去往西和
11 点钟接到舅舅的电话：
"死了，就在车上，我们现在天水"

我的文本：

5
"没事的，舅舅，你先去吃饭吧，不要担心
他还没事"
在旅馆里，我强自镇定地说

6
"闭上你的嘴，哪里有鬼！"
虽然我看到表弟眼中充满恐惧

死亡文本（一）

7
他没有回到他出生的地方
在路上
准备的两袋氧气他只用了半袋

8
要他命的是回旋结肠癌
医生说首先是营养不良
其次是器官功能衰竭
死是迟早的事

死亡文本（二）：探阴山（仿作）

到此间，儿你再听为父言
你走后，你母为你哭瞎眼
你走后，为父我也病床前
你走后，也曾找你三年半
不孝的儿呀——
只见你，孤零零一人飘飘荡荡在阴山
却为何，呼天告地也枉然
阳世里，你也曾与我许诺言
到如今，儿呀，可怜的儿呀
到如今，一切梦醒都云烟

补记：戏曲文本《探阴山》（秦腔：苦音慢板）

到此间父为你再细说言
你走后你母亲哭瞎双眼
父盼你久不归病倒床前
你走后父找你三年有半
盼儿归盼得父望眼欲穿
知你在阴山已不能相见
父与子两分离怎不心酸
我的儿呀——
离别时活生生一个少年
到如今只见你魂荡阴山
我的儿呀——
到如今人间地狱两隔断

叫为父靠何人安度残年

*注：是自杀者让我们更看清了世事物象还是非自杀者让我们更能反思生存状况？如果自杀者满含对世界的厌倦与无奈，那么，非自杀者面对被动，对世界的最后眷恋，是否让我们更为心痛？

无可否认，即使死亡，也有等级，也就是说，一个诗人的自杀好像比一个民工的意外死亡更具有所谓的"意义"。

诗人的自杀，好像更能说明世界的本质状态？

死亡每天都在继续，就如出生每天都有一样。但如此地不同，足以让人沮丧。

我们来比较一下：一个诗人因为生存条件没有达到自己期望的那样，因为承受不了生存的压力而自杀，与一个民工因为生存的糟糕而导致肉体被一再损坏，最后致病却无力医治消耗殆尽死去，哪个更让我们深思？就因为诗人是诉诸"精神的"，所以我们有话要说，而民工因为是"肉体的"，所以不值一提？是因为民工承受的精神压力比诗人承受的精神压力小，还是因为民工承受压力的能力比诗人承受压力的能力小？

一个诗人以所谓的自己的诗歌注释了自己，而具有了"意义"；一个民工以自己的生命注释了世界，却被视而不见。

死亡的等级划分，隐含的是死亡之前生存的等级划分！难道不是么？正如生存的等级划分，也寓含着话语的等级一样，而话语的等级直接对应的是生存的等级。结果是肥者更肥，瘦者更瘦，而且肥者还可以"喘"，而瘦者"喘"就会受到质疑。

一个诗人如果只看见自己，那也没有错，但他的自杀并不就是世界的全部；但是，对于一个民工，无论他看见的是什么，正因为他的死是外在的，是非其所愿的，才更显悲剧性。

盲目无辜被动给予无所选择的死亡更让我们心痛，也更能见得世界的本质状况！

异己者雅克（组诗）

异己者雅克

I

"雅克，如果你还没有睡
来我这里吧，孤独似紧身衣"

"为什么？你要打扰一个做梦的人"

"我看见你：湿漉漉站在我的眼前
身影让我害怕"

"为什么要哭？我们之间有一堵墙"

"雅克，我要挂了。你是一个混蛋！
你关心什么？"

"为什么……"

II

"雅克，我想你别再来了
他今晚在家。一个人坐在厕所里拼命抽烟"

"为什么要抽烟？有许多事情可以做"

"他说他今晚就想一个人待着
不打扰任何人也不想任何人打扰"

"为什么？你可以出来呀"

"雅克，我要挂了。我也想一个人待着
你是一个混蛋，你不明白我在说什么"

"为什么……"

III

"雅克是一个混蛋，雅克是蜗牛，雅克不吸烟
雅克是一个混蛋，雅克是瞌睡虫，雅克不吸烟
雅克是一个混蛋，雅克是黑夜，雅克不吸烟"

"雅克睁着双眼：看见天花板飞离自己"

"我是雅克：混蛋、蜗牛、瞌睡虫、黑夜
我是雅克，为什么……"

IV

"雅克与自己分手了，雅克害的是
建筑孤独压迫分裂症"

"雅克其实与自己没有分手

是雅克自己从十二楼跳下去"

"你看见雅克死去：
楼下的血迹总是在夜晚呼叫"

"雅克是一个混蛋雅克不是一个混蛋
雅克是异己者"

"那意思是说：雅克的肉体与雅克的灵魂
是异己者，请求分离"

V

"雅克，别以为这样你就能解脱、自由
肉体会腐烂、发臭"

"雅克，灵魂找不到容器
就不能成形，就不能在世间游走"

"雅克，所以你走不远
血迹总是在夜晚呼叫"

VI

异己者雅克有三个情人：孤独、为什么、血迹
前两个在生前，后一个在死后

异己者雅克有三副枷锁：铁砧、水泥屋、顺从
铁砧由机床加工，水泥屋在雾中，语言的顺从

异己者雅克的遗言：我是雅克，为什么……

阿拉斯加鲑鱼

幼小的阿拉斯加鲑鱼从父母的尸体中游出来，自上游
去到大海。在阿拉斯加海域，他们长大
阿拉斯加不是鲑鱼的家。阿拉斯加是鲑鱼的一个梦
成年后，鲑鱼要溯游，回到出生的地方
他们游。他们累，但不能停止，直到那一跃完成
他们变色：嘴黄色，身子红色

还有一些成年鲑鱼没有回去：灰熊在途中等待他们

回到家的鲑鱼是强壮与幸运的鲑鱼：交欢，产卵，然后死去

一片肥沃的水域。养活了更多的植物、小狐狸、白头鹰
他们都以已死或奄奄一息的成年鲑鱼为食
当然也养活鲑鱼卵。他们将继续父辈的事业

坏想法

从女孩到女孩，从酒吧到酒吧，从聚会到聚会……
我们的圈子不断扩大。生活越来越美好
我们彻夜唱歌，寻欢作乐。然而有一天，我们突然
无所事事，一个人死或者一群人死

偏头痛（组诗）

鳄鱼晒皮

水浊且冷。需要上岸，晒晒皮
让灰暗的皮肤变色
如此回到水中，游戏才可继续

对于身体僵硬的鳄鱼
即使有吞象之心，也枉然

噩梦不醒之后

他不再挣扎。将自己挂在墙壁上
观老鼠磨牙，蝼蛄穿梭
尘埃散发肉食腥味
发光的物体被一一收走

空气中毒

在受到挤压锤击的地方，钢铁变软变薄
生活获取意义
老虎的斑纹在闪电中碰见敌手

那些逸出者是幸运的。他们免于反抗
他们的对手过于强大
他们已开始安心等待死亡

偏头痛

爱上打洞的鼹鼠，只向一个方向一个平面挖
这不是他的错。是偏头痛
让鼹鼠总是觉得一边不够开阔

如果鼹鼠不是偏头痛而是腹痛
鼹鼠或许就会向下打洞，这样就有足够深
如果鼹鼠能够识别光谱，或许他根本就不会
打洞

但偏头痛总是让鼹鼠感觉自己的洞还离自己
不够远，不够黑，不够静

噩梦持续

已经不是一次、两次，或者三次的问题
几乎每次都是这样：他失声叫喊
受到惊吓与伤害的不只是内心的那根绳子
身边的人也一样惶恐

夜晚黏稠滞重，划开的水瞬间又自己合上
了无痕迹，翻身，继续

影子回家

从天鹅湖到中山林，已有些时日
他们不离不弃，在 76 路公交车上
如果她坐，他就站。或者相反
他们共同读一本书，每隔三天
换一个名字
有时是他睡梦，有时是她
他们中总有一个过站下车

过站下车的那个暂时还回不了家
不是不想回家，是还没有找到

怀念一个人（一）

九年是否一个轮回，水晶巷风干的鱼
腥味是否还是那样刺鼻
塔尔寺的喇嘛也早该不记得他了吧
白象已经陈旧
只有总是被手触摸的那部分少些灰尘
我想与一个人谈起他，但这个人
他比我还破败的内心鄙视异乡人

天空仍旧高远、湛蓝。西宁的大街上
那些戴铲形便帽的人，匆忙，像影子
我瞬间恍惚，他的名字脱口而出
哈拉库图

你一定还记得他吧，白头的雪豹
他曾经一个人偷偷地在你的领地哭泣

之后他仍旧露出的是胆怯惊惧的神情
眼中却也有着米拉日巴的钉子

第二编：与死者书

还是安静地睡去，所有的病都如此，都会在
梦中重现。独自寻找交谈者。从不需要倾听。

他让名词作为谓语出现

他让名词作为谓语出现

他疯。镜子造反。碎片中镜子相互反射。
真真假假的人重重叠叠。
他跳楼。在乌拉尔山区。切尔登市。
他自杀未遂。他残疾。他害怕死。

他饥饿。与嘴唇形成直角。在沃罗涅什。
他的左眼开始注视自己的右眼。
他向列宁格勒作家协会申请工作。
申请住处。
磨损中声音减弱。与他们何干。
他们坚定地对他说:
"曼德尔施塔姆不能住在列宁格勒。
我们决不给他一个房间。"
他把残酷的羞辱当作幸福。
未经说出的痛苦算不得痛苦。
吃掉与吐出的一切。与尘埃一致。

他任性。他心胸狭窄。他无知。
他像忙忙碌碌摆弄自己玩具的孩子。
总是在最后一刻推倒重来。

他专注。他可爱。

他说但丁：不懂得如何待人处事。

不懂得如何行动。

不懂得说话。不懂得鞠躬。

其实何止是但丁。

他外貌模糊。他隐藏善良。他充满人道。

他的灵感就像是对时代的侮辱。

他身披艾伦堡给他的黑色大氅。

他消失在交叉小径。

在符拉迪沃斯托克。在生命的终点。

他备受煎熬。他精神崩溃。他饥寒交迫。

他来得不是时候。总是这样。

他死无葬身之地。在 1938 年春天。冬天。

任何一个季节。

他冷。他惊惶。他爱。他回想。他痛哭。

他忧伤。他歇息。他只想进入梦乡。

他匆忙说出的那些言辞。直接或闪烁其词。

他有黄金的心事：摆脱时间的重负。

他唱世界不爱听的歌。

他不是任何人的同时代人。

是他们自己荒废自己。太阳。土地。

宽广明亮与黑暗狭窄自行交织。

他说："还是请你们试试吧。没有衣被，

我被冻僵了。"

他说："我爱我这片可怜的土地，
因为别的土地我没有见过。"
他说："在世界的牢狱中不止我一个。"

他生长。他心力交瘁。他矮小。他体质虚弱。
他总是向后仰着只长着一撮毛的头。
他长大。没有停止。他像一只好斗的公鸡。
对，他就是一只胆小如鼠的好斗的公鸡。
他用男低音歌颂自己的庄严。
起初嗓音来自雅典卫城墙那边。
他从恶中发现善。独自完成自己。

他总是坐在椅子边上。有时突然跑开。
幻想一顿精美的午餐。
定一些稀奇古怪的计划。
他召集富有的"自由派人士"。在费奥多西亚。
他对他们严厉地说：
"在最后审判时，
问到你们是否了解曼德尔施塔姆，
你们就回答说：不了解。
问到你们供养过他没有，如果你们回答说，
供养过，你们的许多罪行就会得到宽恕。"

他责骂出版商。他轻浮。他不会思考。
在会客厅。在基辅索菲亚大街。
他说寻欢作乐。他说同路人。
在希腊咖啡馆。
他说不是孤单一人。他说和睦相处。

一个声音困扰着他。

他在莫斯科。他在列宁格勒的大街上。
他在草原上。在克里米亚。在格鲁吉亚。
他在亚美尼亚的群山中。在这里。
他成百上千次修改自己的诗行。
有些变得复杂。有些变得简单。
他惊讶。他回忆。
"啊，执法如山的人民，
你是太阳，在沉闷的岁月中冉冉升起。"

他居无定所。他穷困。他生活成问题。
他躺在自己改造过的地狱。梦中紧咬自己的尾巴。
他翻译诗文。比较意大利与俄罗斯语言。
他说世界文学出版社令人讨厌。他的朋友接济他。
他说世界文学作品有两类：已解决的和未解决的。
前者是废物。他梦想辞掉无聊的活计。
他想最后一次为自己写东西。在亚美尼亚。
他改变自己。他想活下去。他想工作。
他看见成群的饿死鬼。在乌克兰上空。

他说克里姆林宫的山里人。他说十只肥厚的虫子。
他说大蟑螂趴在嘴唇上。
斯大林问帕斯捷尔纳克：
"曼德尔施塔姆到底是不是大师？"
他不说列宁格勒。他说彼得堡。
他说他不愿意死。
他说彼得堡有他的电话号码。

他说他可以召回死者的声音。

帕斯捷尔纳克含糊其辞。

列宁的战友布哈林欣赏他。他免于枪决。

他被再次流放。

他说俄罗斯那沉闷的时代。他说病态的安宁。

他说沉重的土气。他说静静的死水。

他说一个世纪最后的避难所。

他说阿克梅主义的早晨。他说对世界文化的眷恋。

他说母亲。他说父亲。他说口齿不清。

他说失语症。他说自杀。他说世界末日。

他见证二月革命和接踵而至的十月革命。

在克里米亚。在任何能去的地方。他漂泊。

他是不同阵营的俘虏。

他说自己生来不是蹲监狱的。他活。他死。

他说自己是无辜的人。他冒犯契卡成员布柳索金。

他逃去乌克兰。听死者歌唱。

他头痛。布尔什维克。孟什维克。

保守。激进。民粹主义。如此等等。

在昏暗的俄罗斯。在平庸的俄罗斯。

茨维塔耶娃赠给他莫斯科。

他受难。他消失。他享有自己。

词是他的生命。是他的面包和石头。

他忧心犹太基督文化。他相信社会公正。

他想象。健康意味着死亡。

他找不到自己在新世界的位置。
他不认为自己在众生之上。

他恐惧。他说自己是一个革命的债务人。
他说他不希望变成一个到处找工作的人。
而娜杰日达活下来。穿过窘困。屈辱。
他说我们没有妨碍任何一个人。
他说他应该活着。
他说别把他当成一个幽灵。他还能投下影子。
他说他活着时曾经和一切人友好。
他求光将他收下。

他们都走了。哦。慢点儿。是他么。
脾气暴躁。总与人吵架。是是非非。
他们都没有处理好关系。
阿赫玛托娃。茨维塔耶娃。帕斯捷尔纳克。
他们。
古米廖夫。马雅可夫斯基。勃洛克。
他们。
他们留下来。

他想做一番忏悔，却首先要犯罪。像一头怪兽。
他不喜欢告密。就像列宁格勒不喜欢他。
工作就是恐惧。恐惧就是工作。
他们。和豺狼住在一起。就要像豺狼一样嗥叫。
不爱恋。不敌意。
他们。都与死亡。孤独。绝望。爱。
倾心交谈。他们留下来。

他留下来。时间胜利。在难以压制的窘困之后。

他留下来。通过娜杰日达。通过黑暗隧道。

他留下：冲动。饥渴。困惑。危险。拷问。

他留下：质量。速度。果断。问题。引语。

他留下：蝉蜕。参照。敏感。循环。差异。

他留下：单簧管。长号。提琴。双径鲁特琴。风琴。

他留下：晶体。岩层。溶解。隐喻。

他留下：洞穴。黑暗。罪恶。幽灵。

他留下：罗盘。咆哮。测量。风暴。磁性。

他留下：钉子。焦虑。疾病。折磨。忧郁。

他留下：自我正确。

他——让——名——词——作——为——谓——语——
　出——现。

与死者书

与死者书

一九九四年，随后的三四年
我和他
一个铸造工
一个外科医生
一个三十左右
一个二十出头
一个夜班从车间里出来
一个已脱掉白大褂
一个灰头土脸
一个急匆匆去澡堂洗澡
然后
我们去海石湾车站
坐火车去西宁
我们吃麻辣鱼干
唱歌
九百九十九朵玫瑰
在火车上
我们相互取笑，争执
谈你的诗歌
想象见到你后

我们说什么

第一次见到你
一间小屋
一张床
一桌一椅
一根长长的铁丝
横穿小屋
上面挂着两条毛巾
都是白色
一条比一条白
我们面面相觑
然后
还是你说：
"喝点水吧，这么远来。"
我们看到你把青海砖茶
掰下一些，小心放在
两只杯子里
倒水
就像做一件很重要的事
你说你不喝酒也不抽烟
多年前就戒了
然后你
指指角落里一只电炉盘子与
一只铝锅，说：
"我就用这个熬些粥
还有馒头。"
我们好像理解似的点点头

然后我们听你谈诗

我们

似懂非懂

还没有走到

诗就是生命

命运就是一本书

离开时

你给我们题字

你说你练过书法

你留给我们名片

上面写着：

百姓、行脚僧、诗人……

那些年，每年

我们去西宁

看铁青色的天空

看黄昏大街上

翻飞的纸片与

稀少的行人

吃羊肋巴

喝青稞酒

我们激动

在昏暗的拐角

继续谈论

有些一塌糊涂

第二次、第三次……许多次

我们如今不再提起

如今

我们想西宁

想短暂的夏天

塔尔寺金顶上的阳光

透亮得让人伤心

想哈拉库图

也许该更加寂寞了吧

鹰盘旋的眼中

更少有人影

谁也不会料到

最后是一十一枝玫瑰

低垂在病床前

我们为什么不多停留一会儿

即使你无意挽留

即使绿度母

一再传唤她的旧臣

如今，如今是我们

鼹鼠一样，怀念那些

青铜、荒甸、磷光

怀念那囚徒、慈航

怀念那土伯特

豹皮武士

和紫金冠

怀念那枯干的河床

与堂·吉诃德

怀念焦虑、烘烤

怀念意义空白

怀念……
终于都一样
如今，每当一次次翻开
这本字典一样厚重的书
我们能想起的
一桩桩宿命
却尽都是如此
黯然神伤

第三编：无忘忧之辞

冷风灌肠，星云既藏
万株雪已然生根
一片草独自纷扬
噢黑衣人白衣人

此行无迹，此处无我
此人已安然剥离皮囊

故园清晖落 (组诗)

秋天开始思念

杭锦后旗，我去过
是你的故乡

秋天，不远处
阴山兀立
湖泊似玉
风抚草木

没有你，杭锦后旗
天空倦于变换脸色

乡村医疗站

山洼里她怅望
对面那条弯曲的河怅望
瞎眼的你怅望

我回头亦怅望

无妄界

冷风灌肠，星云既藏
万株雪已然生根
一片草独自纷扬
噢黑衣人白衣人

此行无迹，此处无我
此人已安然剥离皮囊

故　园

小河流水愈来愈干枯
砖厂已建到地头村旁
爬至山顶，极目远望
乱风岗有人缓慢劳作
群羊灰色，走走停停
若梦故园，惟有蟋蟀
瑟瑟秋风中不舍眷恋

无能反观

碰见那些疾步行走的人，我说：你看，他们在赶着活
碰见那些缓慢踱步的人，我说：你看，他们在等着死

我说：你再看，依此尺度，我是何种人？
多年来，我以为，我是截然不同的那类

无望至极

屋内昏暗的光线让我烦躁愤怒
父亲的寡言默语让我烦躁愤怒
母亲的忙忙碌碌让我烦躁愤怒
土炕上那些杂物让我烦躁愤怒
家禽的寻寻觅觅让我烦躁愤怒
枯黄飘落的叶子让我烦躁愤怒
连绵阴雨的寒冷让我烦躁愤怒

可我说的是秋天呀，所谓收获
遍常言说的喜悦此刻隐而不见

无忘忧之辞：
香樟树被切割为香樟木后（组诗）

鹰在渊

孤独并非来自你所看到的高度，而是腹下的深渊

训诫无效

训诫是这样的：鸟应飞在天，鱼当弋于水
问题在于：尔既非鸟，亦非鱼

香樟树被切割为香樟木后

因为诸多碎片，始得以存留
源于更多碎片之香
亦得以垂名

无端悲伤

妈妈，我想回家——
在这里，在这个六面体的水泥盒子里
我已经说了太多的梦话

无忘忧之辞

所以暂请允许，选择这间小屋以荒废世事

工蚁不知

蚁后内心充满厌倦。她为厌倦而不能停止产卵

玉佛寺自身的破败

这么多年来，从不失去一次机会
善男信女以及香火
不足以驱赶
乞丐伸出脏手——
枯枝抽打你玉石点缀的脸

世事破败，破败不止于周遭自身

一生的刀马旦

幕布上方的月亮已然开始发冷发黑，群山亦将如期隐退
啊，生活已然开始在内心谢幕——

持刀杀人、快意恩仇已然不能；纵马驰骋、来去人生
多亦如梦——

坦然接受吧，一切都是馈赠：忧伤、绝望、破败、厌倦

等等，无不如此

然而她还没有化妆完成。她都快哭了。可怜而无辜的人
她总是梦见自己一再提前谢幕——

她的愿望原也只不过是做一名好演员
赢得你们的掌声欢呼声与偶尔的鲜花。但一切为时已晚

她匆忙中站立的舞台的一角，聚光灯照不见她慌乱中
还没有画完的妆与凌乱的表情。她在哭，但更像在笑

啊，戏剧已然准时谢幕！她不知所措地站在舞台的一角
你们听不到她哭喊的声音——

因为在生活还没有来临之前，欢呼声就已经压倒了一切

梦亦如此

不是笼子的问题（鸟的心中有一个关于金丝笼子的梦）
而是它对于目前的竹枝笼子还不满意

落叶秋蝉

不过是再次印证：夏日亦死机四伏，秋日亦孤独丛生
不过是再次印证：你的羞辱与赞美仍然对于它们无效

山水客身秋虫鸣：边城夜行之忆札

秋日黄昏，微雨后。到此古旧而翻新的小城
匆忙中，映入眼前身影有些倾斜
与周遭山水不尽一致

想起古人，颇多闲情逸致，率性且享受生命
喜欢一个地方，一觉醒来就可留下不走——
而我们做不到。所以你看这里：

古渡何其寥落，客身只是眼中烟云
群山何其寥落，无物浇其心中块垒

所以你看余晖下，山水多有其异趣
落日之色、之心，也多被一再掏空

为不负于这座缘山水之城与酒与歌
为与你同行，我一样也点放一盏灯
戚心有万般祝愿，却已经不便说出

然仍无碍观瞻，如此本色之河山：
"阿姐衣服似黑夜，银饰若星辰
歌声媚怨，掠过桥下沱江流水"
其时，她紧握他冰凉颤抖的手指

当我们站在河水对岸，我猛然看见
已然物是人非之文人故居，欲飞离

阿姐可还会再次重复，一如当年：
"你还回来么？"
他是否还会一如他所说：
"也许明天，也许永远也不回来。"

其实多想，长携子之手。即便已经很累即便
夜色稠密，即便你想尽快返回
其实多想，与他一样在懵懂时
弃彼山山水水，即便后来备受诸多无端屈辱

雨天怀人：废墟之下，爱之上

你是要来青海玉树吗，远方的兄弟
青稞、经幡、牦牛和金顶上的鸽子
请记得代我迎接这个人
他是我的饮血的兄弟

请给他铁锹，挖出我的尸体
青稞、经幡、牦牛和金顶上的鸽子
他不需要休息
这样他就可以救出更多我的兄弟

请他也为我寻找我的孩子和爱人
青稞、经幡、牦牛和金顶上的鸽子
如果他们还活着
他们需要食物和房子

请他的双手不要停止
青稞、经幡、牦牛和金顶上的鸽子
即使他的双手流血
这样他就可以找到我的孩子和爱人

你是要来青海玉树吗，远方的兄弟
青稞、经幡、牦牛和金顶上的鸽子
请记得代我迎接这个人
他是我的饮血的兄弟

他将在尘世寻找天堂（组诗）

逆太阳颂

眼中初升之太阳，血色杂染化工厂白色烟雾
我久已不抬头望天
是长时间低头后，颈椎之痛迫使我相反弯曲

遂见一稻草人内心失火，直奔而去
我并不能劝阻
因我知那有毒的气体于他并无害损

规则之内

你与我，我们坐在小餐馆里，坐在黑屋子的中心谈论
如此沮丧，痛感进退失据
而我们曾以为自己有的是力气，可以推倒
重来

现在却惊怵于
那些屈从、抗拒、逃避
原也只不过是无例外地完成着规则之内的
一生

与诗人小说家聚会

可以推开，这些陌生之道中泡桐树
可以涮羊肉与邻座女诗人
可以食色，性也
可以补一句：厌倦亦一性

还可以说：彼性非此性。从心所欲
之后还有一把钝刀
名曰：不逾矩。但不可与语

酒精乱力终于使隔壁虚构族谱那人
破口大骂：不饮酒，不谈色
其心必异，该杀！

殊不知其间已有人刀起刀落多次

当你再次读到时

悲伤慢慢浸入乳白的月亮
你终于又一次打开
没有拒绝，没有挽留
没有内心的裸露与隐秘：

没有言语，可以指认事物
没有声音，可以确认在场
没有气息，可以证之行迹

没有闪电，在瞬间照亮
没有随后更重的黑
没有时间，没有忧惧
没有更大的凉与无

在消耗在磨损中一再离弃

如果一切匿藏，是为开口
要有足够长的沉默与耐心

独立黄河颂

是一个人看见黄河九曲无回

在西宁，在兰州，在银川——

是黄河看见一个人走来走去

另一个冬天的夜晚

进入冬天已有一段时间
但这里久无雪
当我等到绿灯
穿过十字路口
无意中
因为寒冷
因为冬天夜晚暗淡灯光

碰落对面小槐树
久积的尘埃

它们落在我的肩膀
我感到一丝淡漠
与伤心
那类似泪滴的形状

虽然很多时间为其所累
却也往往任其
起起落落
并不想
即刻拭去

诗人之死

有万千全身之道，于这太平盛世
而且都很具体
比如在以诗待诏的同时
陪帝王将相们下下棋，也很不错

汝却要为一轮幻境之月，而失足

一切遂似文人自己
在杜撰一个弃世的好去处——

哲学昏聩

我给她说晚年殷海光，她说她从来都不知道还有这样一个人
还有人生活会是这样
她还说她不知《道德经》的第一句原来不是她想的那样

后来，我都没有注意到生活一天的劳累让她已经极其困乏
竟至昏然睡去——

某些季节隐退

内心的兰州城大部分时间为雾霾所罩
抬头望天，要待雨雪初过
杂物落地之后

余下的那些季节或者很冷或者很热
几似悉听尊便

修辞以存

每次当我从桎梏之中脱身而出，就看见你
一袭黑衣从远处一闪而过
一枚紫色蝴蝶结
掉在我桌前摊开的书卷之上，在合闭之前

上元节忆旧

在兰州，在白马浪，向东一站在中山桥
向西，两站之后在黄河母亲
在清真寺的诵经声中
水鸟随意而居于河上
风吹过
黄河雾气腾腾
乱发兀自，树叶飘落

我看见你洞穿河底而至彼岸之白塔山巅

逝者如斯

再次来到黄河边望着流淌的河水，有那么一刻甚至确信
我们还在一起。事实却是——

它看着我们一个一个不辞凄苦烂在来的路上

山水游戏

你们远方的客人，我爱你们来过，什么也没有留下
我亦知，这山水于你们而言，无害但也无益

它芜杂之内心早已在你们到来之前，远去异地

如何安慰一只鸟

如果有一天你像一只鸟一样飞走，请你不要打扰它的思念
如果有一天一只鸟从七楼掉到一楼的水泥地面
请你不要视而不见
因为我们都曾在心中有一个关于翅膀与睡去的梦

长记忆旧游

第一天，你和我，我们，坐在长沙火车站对面
像两个走失的孩子

第二天黄昏，我们站在八一南昌起义纪念碑下
四周灯光灿烂

第三天，我们在景德镇买了一对恋爱中的瓷人
一切看上去很美

接着的第四天第五天第六天第七天，你和我
我们夜晚在边城沱水上彩色的潮水中

剩下的那些日子，你去了张家界、黄山、汉口
而我留下来，在沈从文故居前。等你因故返回

第四编：各如其是

不过是梦，是残余的灰烬，
小城的声色犬马，流水之上的钢筋水泥
即使赞美，亦难免落空

各如其是（组诗）

曳尾于涂

这一天，他在等一个人来
他说："泰山要倒了，梁柱要断了，
哲人要像草木那样，枯了烂了。"

他唱着歌流着泪
他说他昨夜梦见自己坐在两柱之间
受人祭奠
他说他大概是要死了

忆及陈蔡之绝，他终可安然处之
不再问：匪兕匪虎，率彼旷野——
吾道非乎，奚为至于此？

公园散步记

有那么一天，我终究也会像他们一样，每天准时都来这里，
　　为减少的食物与睡眠
跳锅庄舞，唱老歌曲，打太极拳，或者不停地走来走去
身体变得越来越慢
能脱落的都在脱落

死亡已经伸手可及
曾经忧心与不可忍受的那些人事物
现在也都无关紧要

他们也谈古论今，但不再伤及自身
他们也谈爱说情，但不再为欲所累
他们用一生中的多半时间学习调适

他们这时开始享受一直都不属于自己的欢乐与忘忧之境

想到终有一天，我也会像他们一样，我开始宽容他们那貌似
　　无所指谓的自娱自乐
想到终有一天，我也会像他们一样，我现在就不能弃置我那
　　实是厌倦破败的虚设

现在可以开始了吗

好的，你们不是早就在这样做么

明天，我也将去做一个擦鞋匠
在每一个火车站
为匆匆过往的行人
擦去鞋上的尘土
而他们每次会付钱一元

那时，我将有足够多的时间
在每一个我想念的地方逗留

小羊的秋天

1

当满坡之思虑丧失绿翡翠
群羊由白云成灰色
牧童走下山冈
手中的鞭子
遗留在渐次荒凉的紫石旁

迷于秋天的那只
他将如旷野之风独自呼唤

2

小羊每天都啃啮那棵树
那棵树的枝叶几已褪尽
小羊并没有注意到
他已满是深深的牙印

3

每当小羊咩咩的声音打碎那面挂在天上的轻薄而白圆的器皿
暗穴中的蟋蟀受到惊吓，猝然停止她自己的歌唱
风凝止，群山恍惚

小羊几乎就要失声喊叫：
"妈妈——我要回家——"

小羊几乎就要走出秋天，但忧伤与孤单滋养了他
长久的沉默与犹疑

4

整个秋天，小羊的嘴里只嚼着一截草根
即使百无聊赖，如果不扔掉
一样永远都粘在厌倦的齿间

整个秋天，小羊的眼中只飘过一朵云彩
他还没来得及眨眼与赞美
生活就已经自顾自地无踪影

5

秋天还没有结束，小羊已经厌倦
草原的无际无边
草木一无方向感
在旷野中
其实不止他倦于无应答的呼喊

搬砖以及其他（组诗）

搬砖

"我心中挥之不去的人啊，自与我别过后，你还好么？"

"还好！只是最近反反复复在做一件事情：搬砖——
屋子里有太多砖，我夜晚不停地搬空，等白天醒来
它们并不见少，而且愈加变得大小不一；
人群中有太多砖，我看到许多人像我一样在不停地搬
一些人搬出一块空地，另一些人接着扔进一些
我们都没有时间休息；这还不算
更为糟糕的是，无论我怎么做，它们就是码不整齐。"

忆故园

他说爸爸你不要唱歌，你的歌总是让我想哭
他搂着爸爸，惶恐地呼吸，终至困倦，睡去
他还那么小，不到六岁

窗外楸树下蟋蟀开始以双翅为锯，切割秋夜
月光悲悯，恰照父与子

冬日广场

为什么我又再次来到这里。看这些布艺之花，比开在枝头还
    要妖艳
恍若隔世之光。几乎让我相信，夏天亦不过如此

幸福就是这样：鸽子与人若即若离。食物就在眼前，背后的
    规则
这温和素食的飞禽，怎么能相信。奇迹就在眼前——

她们都是凭借孤寂飞翔的事物
当她作别，你应安心等待。她会再次携裹温暖洞穿风声由暗
    夜而来

跳水者

他再次开始练习跳水，在三十九楼背光的阳台。眼前海水一
    片漆黑
鸟儿从头顶飞过，像影子。他伸展双臂

不是忧伤。不是想起秋天两颗黄金的小虎牙。他只想练习跳水
一个人在乌黑的空气中

海水如此之深。足以让他在完成一系列复杂优美的组合姿势后
没有水花。不惊扰任何观众

他们都在睡梦中继续着自己未竟的事业。中间海水越来越稠密

他看见另一个人，正从海水中浮游上来

也就是说，要精准干脆完成那些规定与预想的动作,远不止于
想象那么容易。他收回双翅。对着一楼喊：

"嗨！我说，不管你是谁，亲爱的，你不用上来，我这就下
去……"

凤凰监狱之夜无色随剳

1

不过是梦，是残余的灰烬，小城的声色犬马，流水之上的钢
　筋水泥
即使赞美，亦难免落空

2

不只是囚犯做着噩梦，看守也一样，夜夜以劣酒御寒
在这里，干草最后腐烂，落叶年年如故

3

这些内心发育不良的枝丫，最终要长成凶器
这世间，仍可以器、有情、究竟圆满来糊弄

4

最先死掉的幸福，最后死掉的幸福，中途死掉的幸福，皆纯
　属多余

缺席的证词

1

他把手放在她的那个地方
她闭上了双眼
去了另一个地方
他以为她是他的
因为在之前
他先闭上了眼

2

她已经被淹死
不，其实不是
是刺骨之凉
他是看着她被怎样凉死的
这就是生之苦

而上苍亦何其悲悯，没有
给他退路

3

开始是一日不见如隔三秋
之后是两情若是久长时又岂在朝朝暮暮
再后来是君子之交淡如水

再后来，是自顾陌如路人
生也若此
何须死生契阔，执子之手

4

"你还好么？"他说。她说，"我挺好！你怎么想起问这个？"
"我每天都在想你！"他说
（她心存讥虑：是这样么？不过已经与我没有关系。）
但她还是说，"你要学会放下。"
（他无话可说：说这话的应是局外人，而你却不是。）

而我们都不是局外人，我们深陷泥淖。可我们从来都不
　　在场！
我们活着，一再受辱，做梦
以至于看上去就像
我们很快活地在享受与赞美——

5

"给我说说欢乐的事吧。"她说，"为什么你总是愁眉苦脸

你这朵苦菜花，就没有让你感到欢乐的事么？"

沉默既久的他突然说："你知道那个漆园吏为何要梦蝶么？既为蝶，欢乐于他何加哉？愁眉苦脸于他何减哉？"

"那么，说说梦想吧。"她说，"是人总归是有梦想的吧没有梦，人会被损害而无以修补的。"

"世事流水，一梦浮生。李后主早前不是已经说过了么？"他补道，"醉乡路稳宜频到，此外不堪行。"

"亲爱的，相濡以沫，莫若相忘江湖。且归去，勿久留。"

第五编：事物以各自的方式热爱

种树的人，是幸福的；树下的人，
是幸福的；砍树的人，是幸福的
他们是一个人，是幸福的

种树的人，是痛苦的；树下的人，
是痛苦的；砍树的人，是痛苦的
他们是三个人，是痛苦的

说结束为时尚早 (组诗)

春天，遂若往昔

春天，遂若往昔。槐树生出与春天有关的颜色、叶子
随后开白花，迟于丁香
与桃梨杏树也不同，它们先开花后生叶

吾还生活与穿越的这些街道，亦若往昔
柏油路需要再挖，再修
多年将是这样，今年更少些行人

今年堵车比往年时间更长。已无需在意
我在遗忘中，我已先走

春天，遂若往昔。风吹过，一样是草木万类一样是我
已不再急于说出辩白
却要予吾槐花之香之清净之温暖之注视

无始无终

桃肉最先烂掉，其次是桃核，最后是种子
烂成一棵新的桃树

这中间，原先的那些桃叶也要烂过许多次
即使树本身也类此

开始在鸟的肠胃中，后来在鸟粪中的那粒
还不到烂的时间

但无可否认，它还是要一次又一次地烂
直到烂成诸多桃子

诸多让我心疼之人之事之物他们都要一样
都要先烂掉

然后，以无所谓扭曲的方式以我之名活着

虚无寺

这次那老和尚没有敲木鱼，而是一边敲自己的脑袋
一边念经

一旁小和尚不解。小和尚不知
此前老和尚还是头痛欲裂
此刻他却已然是无一丝波涛惊浪之深海

尘　埃

只有当那些不安的光线穿透而来，才能照见这些自损自耗的
　虚空体
他们好像乐于这样——

这些貌似卑微的事物，并不会随吾与我而转
——乐于如此这般地活着

无尽忧伤

剧作家与演员一样，都需要一个高于观众的舞台
他们之间，还要有适宜的道具

而那些好奇的亲爱观众，总是在鼻涕眼泪之后
还不满足。要看看幕后

他们为此付出了代价。后台那些演员在欢喜调笑

他们都让人失望——
一个不是好观众，一个不是好演员

广场上的鸽子

每天，你都会看见他们，落在手中的食物之上，或者跳开
没有更多了

——飞翔是多余的——

而那个被无聊困惑的人
总以为这些失去飞翔的鸽子是不快乐的

其实是他自己郁郁寡欢，就像此刻的我
揣度他们一样

一切都不可谓不多余。但活着，大致也莫若乐此不疲

恐惧（三）

那孩子已经迷失。远离内心被划定的圆
眼中黑雨暴戾，闪光

——皆非他之所愿——

事物间似牢不可破的链条，也刹那断裂

聊以自慰

当然，事物会以自己所是的方式，而不是吾所忧心忡忡的那样
回到温暖、潮湿、黑暗、虚无的海洋之中

不道德的歌颂

如今你明白，在生活永远的假面舞会中，吾与我短暂的狂欢
　　和深埋的厌倦
不过是快感与苦恼的偶然和解；是蔑视与热情相遇
是孤独体与现象闪电般的统一与销匿
是风雨交替轮回，是黑铁锈蚀
是对一颗妄念心的
一次次撕裂
与安慰

自　命

再次过西关十字，还见他在花园边上
男扮女装，念念有词：
"官人，你要去哪里？"

其实不是官人，是他的娘子不见了
所以这个世人眼中的疯子——

这个以天地为舞台的戏子，此生只余
一句台词

事物沉默的部分（组诗）

秦皇兵马俑

我注意到他们，不论是跪着、坐着还是站着……
他们都是单眼皮

眼中有着千年泥土不尽的悲悯、虚空与忧伤

故　居

那里是百草园么？是那个不谙世事的孩子与无常的乐园么？

——当然不是——

百草园从来都不存在
百草园只在一个内心为黑暗与绝望所啮噬的成人的梦里

破败寺

你还是不够烂，我对你的厌弃还是不够彻底
我还是心存恐惧——
梦中还总是在为你哭泣
总是在为修补的事焦虑

如此轮回

在虚幻事物的轮子上，乌鸦被呼啸着劫掠

——它活着，是影了的替身——
他们赞叹："啊，这只乌鸦演得多好啊！就像我们自己一样。"
——而死亡，嘲笑这样活着——

非帝国惆怅

深林中那棵树，一直以来都是向着蓝天生长的，在没有被移
　栽之前。
至园囿地后，明显高出周遭其他事物
这滋养了它以前从未有过的坏心

它开始感到落寞，开始随意弯曲生长——
遂成园中独异景观，遂被铲除

诸多事物亦若此：还没来得及赞美，还没来得及谴责
就已在疲倦的眼皮下消亡与褪色

乌鸦开始歌唱：你算个什么鸟？（组诗）

乌鸦开始歌唱：你算个什么鸟？

我就是那个透过黑屋子的两个洞看着你的一举一动的那只鸟
我默不出声——

我看见你早晨九点准时开始一天严肃的工作与训话；我看见
你中间上一趟厕所，与人约会。中午十二点你
急不可耐地吃掉一个人

我看见你下午六点
谦恭地给他汇报自己一天的行状
不失时机说点其他

我看见你零点还没回家，家中空荡荡灯火通明
凌晨三点他们用一面四边形的布
蒙上你惊恐的眼睛

我看见他们切割他们敲击。之后留下一堆灰烬

我看见你明天不再重复今天的生活。你说：
"你算个什么鸟，凭什么我就得为你歌唱？"

我哈哈大笑——
我就是那个透过黑屋子的两个洞看着你的一举一动的那只鸟

乌鸦开始歌唱：恐惧比预料的来得要早些

突然感觉害怕，面对这个没有声音、只有嘶喊的丛林
活物对我早已避之不及，这我知道
可是近来，那么多死尸
他们也开始有厌弃我的迹象

这让我感觉从没有过的害怕
在活物眼中我即是噩梦
这我知道。但死尸他们不应当这样

难道这些提前死于恐惧绝望的尸首已经决意如此了结？

乌鸦开始歌唱：为了忘却的纪念

我是食腐飞鸟，我有千年不死之身，我有非你们所愿之鸣叫
我活着，终其一生
只为忘记

乌鸦开始歌唱：亲爱的，我们和解吧

它们也飞过，我恰好看到
它们也鸣叫，我恰好听到

之前之后，我不知道它们

——是否像我一样——

对于这个世界，还谈不上敌意，更没有仇恨
而是苦于无法和解

无鸟的翅膀及其他 (组诗)

无鸟的翅膀

从笼子里出来，无处可去。我蹲坐在十字路口
——想你——

蓝天上的白云，飘浮而变幻，时隐时现
我怀着恶意的欢喜，看它们无着无落来来去去

如果我做了很多，它们却还不能安顿我
那我就这样——

坐着想你，怜悯万物。就像万物怜悯你我一样

剧场反转

当然，一切都恰如其分——吴刚爱上了这种惩罚
只是桂树自己有些开始厌烦
这种反反复复就像从没有伤害的无聊游戏

就像西西弗斯明了宙斯的用意后快乐地工作一样
是石头自己开始厌烦了这种
无休止地翻滚

就像我们自己的生活，悲剧是一场喜剧也是一场
我们却从来都不自觉

我想爸爸
    ——TO C. H.

真的，我没有他们想象的那么悲伤。也不觉得没有见最后
  一面
有什么特别遗憾

在这个世界上，我还有酒精中毒的弟弟——医生说
如果再次发作他就会死
妈妈，你也不要太悲伤

他是我们的爸爸啊，无论如何，我们都不能太悲伤
如果我悲伤死去，这个世界
还会有谁记得他

人造幸福的缺陷

种树的人，是幸福的；树下的人，是幸福的；砍树的人，是
  幸福的
他们是一个人，是幸福的

种树的人，是痛苦的；树下的人，是痛苦的；砍树的人，是
  痛苦的
他们是三个人，是痛苦的

事物以各自的方式在热爱 (组诗)

字间浮生

有一条路若你我相遇，有一条路若水上行走
有一条路无路可循

有一条路是我之生生世世，是我不停地书写
涂改与删除的文字

有一条路没有你，是一开始就要落空的等候
而我在此渴望奇迹

驻长沙：雨中怀人

也曾黑暗中手牵手，也曾此世此生
也曾念念不已

也曾为香樟树，也曾为檀香木
也曾来世来生

也曾是我，也曾是你
也曾是我们，也曾如此，一世一生

无可避免（一）

就像一块即将熔化的红透之铁，突然被置于冰水之中，瞬间
　　冰水成为气体，
灼伤直视者；
瞬间那铁变黑变硬，脱去一层一层铁渣；
瞬间，这铁之内部有无法愈合之裂口。而你就是这裂口，是
　　要保存的部分，
就是这空间，
虚无而真实。
此后，我唯一能做的，如果我能做什么，就是成为那铁匠；
就是不停地锻轧这块黑铁，不停地重复将它置于冰水之中。
先是变得柔软，后变硬，如此反复直到这块铁具有期望的韧
　　性与坚硬；
直到最后，这块铁内部的裂口趋于消失；
直到最后，你不再是虚无的真实，而是那黑铁被不停地锻轧
　　之后出现的光。

街边槐树之恶（一）

还可以再删减，既然秋天如此喜欢
落尽枯叶收拢败枝
让多余的果实腐烂

既然春天喜欢，蠢蠢欲动
万物盲目的幸福与无所用心的生长
这些也都可以添加

既然是被给予的，也可以悉数收回
夏日的绚烂与放纵

而在冬日深深沉睡的部分
在已无所作为之处
槐树同等接受这荒唐、嘈杂与混乱

未完成时（一）

昨夜，我又梦见你。但你不说话，只是看着我
黑暗中我喊叫，但你听不见

我知道你已经离去很久，我知道你不会再回来
我知道这些都是无结果的梦

但每当我在半梦半醒之间，看见你，微笑不语
我就知道，这梦还没有结束

我醒来。昨夜兰州小雨，秋风中有动物在哀鸣
叶落前，它们使我的梦中止

拒　绝

当我察觉，如果我是瞎子，比如我这时，在你隔壁的房间，
我会分不清是你在说话，还是别人在说话；
当我察觉，同时，如果我感兴趣的是你的言行而不是肉体，
我几乎以为你就是那另一个我，如影随形；
……那些你已替我活过的部分……我怎能再重复一次！

还魂记

过去的一些夜晚，我梦见过很多人。他们穿着灰白的衣裳
年轻人，和年老人，一样枯瘦
他们是我的亲人……离开人世也已很久

过去的一些夜晚，我醒来，打开门——
一堆生着霉斑的稻草，和七八张竹片
我直立。有风，在竹林中

过去的一些夜晚，我不逃离，不解释，不望原宥
我一步一步走。摸到墙壁
星辰下垂，人在隔壁敲击钉子

过去的一些夜晚，我想，我应当哭出声
不是因为横在身旁的这张小木床，给我欢乐或痛苦，而是

又一道门，已在无声开启……

未完成时（二）

多年后，你推门而入，就像我们从未离弃
就像当初，你夺门而出
就像当初，你说："我没想到一切这么快就会结束！"
你说："我没想到这么快我就会回来！"

而我仍是悲欣交集，一如你当初执意离去

酒与药及其他：诗为阮步兵而作

坐在一起饮酒，并不表示相互赞同，这事显而易见
相互指摘，也不见得就是内心的反对
七个人，就意味着这竹林中会多出七只飞禽
或是七匹走兽；是七粒尘埃亦无不可

饮酒既非躲避灾祸之良方，服用五石散同样不会是
汝若是一只燕雀，那就安心做一只燕雀的事
汝因何生，当因何死。又有何可悲叹之处呢？

蚯蚓的譬喻

当我写下"蚯蚓"，并为它在一些词语中寻找安身之所
那就意味着
将它的劳作公之于众
和身首异处

忆旧游

那一刻，山水于他是不舍爱恋的证词；
此后，他活在词语的冷漠与淡忘中

伤　害

哪一面是树的背影？
是他面对它的这一面还是它背对他的另一面？
无论他转到哪一面

都像是它背对着他
他手中的斧柄
好像知道
接下来他要做什么

其实错了
他只是在找。一次
忘忧之杀

无可避免 （二）

他站在两者之间：与一个一起活着，与另一个寻欢作乐
他坐在两者之间：看一个为其所惑，看另一个不为所动
他躺在两者之间：一个已死，一个尚未出生

他就是这一切。他曾以为
他做了选择

终其年：或止于无效的修辞练习 (组诗)

终其年：或止于无效的修辞练习

缠着一圈又一圈红亮绳子的泡桐与槐树、低矮的灌木、枯枝
　　以及挂满各色旗帜的松柏
何其无辜。人群与他玩弄的宠物，何其无辜

头颅之想象心之记忆与种种欲望之经验、幻境、混乱、疲
　　惫、空虚，以及残留的厌倦
何其无辜。爱与死与孤独与怨恨，何其无辜

吾曹梦，尔等观，何其无辜。慈悲何其无辜

树木之慰

在醒来的季节醒来，在舒展的季节舒展，在沉睡的季节沉睡
不问为何。为何，可一次一次捏造

回到无心之心，回到弱小。在树下
与趴在身上的
那只虫子
交换——

生死轮回。爱与忧伤

自然的训诫

为向上生长，树木先要以同心圆满足平面切割
为向更低处，河无所择。当然
鹰也可以弃天而去
却无非
自取
灭亡

那些谙熟所有诡计者他们越界
他们希冀
全身
而退

第六编：归于无限无名与爱

长久以来，他都在雕刻那块让他不安的黑铁
他终于完成
却不料之后余留的铁屑带来
更大的伤害
更难以处理

归于无限无名与爱（组诗）

I . 归于无限无名与爱：水墨故乡

1

有着对于晨昏无所抗拒的无语，有着回家的渴求与无来由的
　　惊惧
几乎以为有着彩色的记忆
现在却是三种颜色：灰黑，白，逃避

也是有过童年的吧，而且还没有完全忘记其间夹杂着蚂蚱的
　　鸣叫
与一次又一次地哭喊着醒来后的寻找

2

来自群山、草木、河流，来自风，来自阳光与尘埃，来自无
　　限与无名
来自死亡，来自故乡，来自爱

祖先如期回来，如期赐福，看我们劳作、说话与吃饭
看我们如期燃香、敬酒、献茶、烧纸、磕头以及祈福

祖先如期呼唤，如期认领那些

迷途的子孙回到他庇护的怀抱

归于群山、草木、河流，归于风，归于阳光与尘埃，归于无
　　限与无名
归于死亡，归于故乡，归于爱

3

眼前的草木在腐烂，眼前的雪在消融，眼前的光影在时刻
　　变换
眼前就是另一个世界的来来去去
另一个世界是无限的世界，是感性与理性都从不曾到达的
　　世界
那里没有你，没有我，也没有他

眼前的世界就是另一个世界，我对你的思念从不曾到达的
　　世界
你从不曾拒绝我反复打扰的世界

4

他将桃枝埋在院内，像埋藏稀世的珍宝。为影子寻找在世间
　　可以行走的肉身
它们终究发芽

浇水。施肥。像喂养又一个先天缺陷的孩子
他对着破土而出的嫩芽呼气
月光冰凉
背痛

他累了，但他从来不说。他发呆的时间越来越长，他其实不
　　喜欢
那些云朵，不停地变幻脸色

他知道他们中有一些成了桃树的一部分，成为桃树一部分的
　　还有一些是泥土
他说他也会成为桃树的一部分。如果是桃叶
就提前落了

可以装订成厚厚的一大本书，包括逗号、句号、感叹号、省
　　略号
也可以从一开始就是一本书
为取暖，一页一页地
烧掉

逗号、句号、感叹号、省略号一并随之而去

冬天终究要来，他已做好与他们团聚的准备
拿出一串暗红的桃核
戴上

他说
夜路远行，需要避邪
需要提前练习属于自己的死亡，而不是惊慌失措；需要将爱
　　与恨提前兑换为
淡淡的思念
而不是徒劳
悲伤

II. 吃土豆的人

矮小的屋子不是问题，变形的表情与比例不是问题，苦咖啡
不是问题，黑乎乎的衣服与墙壁不是问题

他们没有想过要改变什么，他们也不能改变什么
他们只在晚餐中温暖与拥挤地活着

观察的角度也不是问题，评价好坏与是否被收藏也不是问题
"我想清楚地说明那些人如何在灯光下吃土豆，
用放进盘子中的手耕种土地……
老老实实地挣得他们的食物。

我要告诉人们一个与文明人截然不同的生活方式，
所以我一点也不期望……"

但距离太近了。泥淖中的人怎能看清泥淖？怎有闲情说它？

所以当一切都不再只是眼前所见，不只是回忆
一切都不再是问题

他与他们一样，享有了如此绝望的安详与爱，几乎从来不曾
有过改变

III. 事物的告诫

不对抗

不顺从的那只轮子跳出轮子之"用",脱离轮回磨损
其"体"得存

Ⅳ. 登低

1

我所有的知识与聪明,不过是秋天的叶子
要焚烧为
灰烬——

在黑暗
寒冷里
一个人
在低处
为那逸出的事物
写颂辞

2

此处与彼处行走的人
忙碌的人

当我意识到,梦、记忆与思想
不过是镜像

若尘埃的人
落入轮回
是苦

进化又何尝
不是苦

3

这些矛盾、对立、相互的嘲讽与抵触
并不表示
我们多么不同

只是风吹过
一片落叶对另一片
落叶的谴责

只是你我
自感无聊时的消磨

4

此刻，我为我一无所知的那部分竭力不睡

你是我破碎的镜子的一部分
此后我将从你中
看到我
渴望与
拒绝的
部分

5

你不该形单影只
湿漉漉地来这里

说冷
说黑

死人
不该吓唬
活人

而应该说
极乐
解脱

6

那牵紧的手与迷醉的眼神，曾经是幸福的
那松开的手与熄灭的眷恋，也将是幸福的

让我们互道晚安吧，墓中人，让我们
相互祝福，忘记
怨与恨
爱

V. 桃夭时

1. 桃夭时

桃花枝头夭夭，春天来了，就此仍然可以抒怀。他们两人都
　已站在山顶——
二十九岁的乔达摩·悉达多看到山背阴的一面，说：缘起
　缘灭

五十岁的孔丘看到山向阳的一面，说：生生不息

可怜悯的是那些站在阴阳之间的人
他们苦于无从取舍

2. 与玄奘

你说：
"我决计不再来，即使是人间，即使是天堂
我该说的已说，我该做的已做。"

3. 清明前纪事

昨晚梦见死去的亲人。他们都重新组织了自己的生活——
免于遭受丧失之苦。依照活着的我的愿望

4. 春天的祈祷辞

那时，我已神智昏聩，记忆衰败。已不识我为何物
那时，吾导引我重新活过

VI. 祖母纪（1923. 11. 25–2012. 4. 13 6：00）

1

眼泪于事无补
我小心翼翼地亲吻你冰冷的身体，即便如此，还是不能确定
是否使你不安

2

你疲倦你休息
你已去的那个世界，我还一无所知
虽然我从不担心我们能否相遇，但害怕我们是否还能够相认
它们造成恐惧

3

我不知道
你最后是留恋、不舍，还是厌倦与绝望，或者是恐惧与怨恨
或是欢喜
或
爱

4

没有你，只有虚空与尘埃的徒劳、伤悲
没有你，只有徒劳、伤悲的虚空与尘埃

5

没有你
我在继续等候。一个百无一用的世界。它能让我心无疑虑地
想念你

VII. 从未出离

我不赞美亦不谴责醉生之人，更不赞美与谴责赴死之人
我要赞美和谴责那向死而生之人

他是山河大地，是树木、走兽和飞禽，是苍穹及其星辰
是黑暗与光明，也是尘埃与虚空

是慈悲，是爱，是无望与厌倦，是痴迷，也是不为所动
——是此刻无尽之生生死死——

是我从未赞美与谴责之处，亦是从未赞美与谴责我之处

世间如斯，要去哪里 （组诗）

世间如斯

我看见的月亮原非月亮自己
只是苍穹中一个投影、一个梦幻与传说
也无孤独

我不念之，我不在
之亦不在

要去哪里

你说又有一个人因不堪忍受而自杀了
那又能怎样呢

与其以生死催眠，不如醒着
就观自己
如何折腾
与被折腾

人鬼杂居

他说我们居住的这个世间，其实是一个人鬼杂居之地
每天从黄昏到黎明，鬼在人群中自由穿行

他说鬼道原来与人道一样，早知是这样他就不急着去
不过也没有什么可遗憾的，他又说，反正
一样还是在这个世间

如是而已

那推门而入的是你么？——不是，是风
那疾声呼喊的可是你？——不是，是雷
那泪流满面的呢，可是你？
——不是，是雨
那么，你是谁呢？

——我是观众，是演员，是导演，是舞台，是音乐，是演奏者
是已被用坏的道具，是扑向烟火的飞蛾

——我还是
一个自己捏造的梦中之梦，无望之迷魂
独不是编剧

——当我醒来，你早已经不在此地——

要去就去——

那个彻底绝望与悲观的人，心中不再满怀忧虑
厌恶也罢眷恋也罢
他究竟要明白
此前，先要以慈悯与无分别
庄严成就世间

如是如愿，如愿如是 (组诗)

如是如愿

为你回眸嫣然，我等候百年
今生得见，心生喜欢

为偿你恩你怨，我等候千年
今生得还，心生喜欢

为了宿世因缘，我等候万年
今生得断，心生喜欢

为离生死苦患，我等候亿年
今生如愿，心生喜欢

与己和解

对不起，亲爱的
这么多年来，我总是在不厌其烦地训诫着你
但很失败——

请原谅，亲爱的
这么多年来，只有你对无药可救的我还不弃

也无怨恨——

谢谢你，亲爱的
这么多年来，你终于懂得这个荒废世事的人
他活得多么认真

死不回头的结果

恐惧与忧患终于被豢养为一群凶猛的鬣狗
开始撕咬自己

曾经被一再粉饰的忿憷与好乐
终于有了回馈

安　慰

星期天。早晨。菜市场。失去双腿乞讨之人
头顶挂着观世音菩萨画像，缓慢爬行

遂将手中的一块钱予之，非出于对他的怜悯
只是因为觉得他是一个还有信仰之人

如愿如是

长久以来，他都在雕刻那块让他不安的黑铁
他终于完成
却不料之后余留的铁屑带来
更大的伤害

更难以处理

反　观

那棵树看他已经很久了
它不知道他每天夜晚都站在窗前想什么

他站得太久了
以至于那棵树
以为他是一段未生出枝叶与枝干的树桩
而不是一个人

无效的顺从

我所有的努力，不过是为了不让自己成为局外人。我讨厌做
　一个局外人
却不能忍受被不知情的事物牵着鼻子走。作为回报
我总是出局

夏日广场

整个夏天，广场上鸽子的数量在不停地增多
他们爱上广场
即便偶尔飞走
还要回来

(整个夏天的午休时间，我都乐于坐在广场
一块钱买一袋鸽食，在疲倦与睡意中重复

鸽子落在手中啄食而当我伸出另一只手时
它们又飞走的游戏)

相比于天空中无着落的自由
人群中的食物
更具教诲

故园随札

1

那两棵在我幼年时相望的槐树
今已枝叶相参相拥
根相连

接下来的时间，就是一同经受
一同欢娱于
风雨阳光
和安静的
黑夜

2

小水池中蝌蚪
要赶在池水干枯之前
尽快长成青蛙

3

太阳的余晖正浓，满月已在树梢
那回来的已回来

那要走的
已走

4

正午的蝴蝶与小猫咪在园中嬉戏
那一刻的我看他们
就像看自己和你的
前世

5

母亲说她总是梦见那些已不在人世的人
我说母亲啊
生死不是我们所能决定
即使善良，也不能改变

母亲啊，就让我们善待自己，善待万物
不信恶之所为终会得逞
这是我们，不朽的秘密

6

当我学会观察自己的肉体、意识与心灵
思想与言行
当我不再有求于你，世界啊
此刻我是你

7

既已容忍你之善
亦将容忍你之恶
不为别的
只为我们
都是被其所驱使而又意识到这种缺陷
并为其所困的
可怜悯的生命

8

天空中那些变幻的云，在我观看它们时
重演了世间万物的
生生死死

我没有无尽的悲哀
我只有无尽的忧伤

9

如果园内的那棵花椒树已经不在，妈妈
请您别为它伤心

妈妈，如果有一天我回来而没有告诉你
请不要感到意外

此去不远（组诗）

千佛洞

1

他们为死后活着。这样想想，此生的一切，顿时都有了一种
　　奇异而陌生的光
大多数时间是逝者温暖生者，而不是相反

2

一部分为前世活着，一部分为来世活着，一部分为今世活
　　着，一部分不为
此间任何人事物而活着
这样成就而心安后，不再相扰相忧相怨

3

为什么从来就没有想起？因为从来就没有忘记
就像从来也没有忘记，是因为从来就没有想起

4

你看到你走向我时我剥落的目光，你没有看到
你离开我时，我明亮与黯淡一致的光

5

许许多多需要经历百难万劫之后，才能像金刚石一样
不坏
才能像虚空一样地
包容

鸣沙山

已被临摹千遍的尘沙，我重写一遍：
从黄昏开始直到清晨，它们一遍又一遍念佛诵经；一次又一
　　次回到前世
它们寻找自己的肉身

它们的虔诚终得回报。我来了，我答应它们
来生我替代它们——

来生它们做人
来生我在佛前。念经

月牙泉

那愿许三生的人还没有来
而我越来越瘦。佛祖啊，我不再祈愿厮守，只求来生
化为邓林

在酒泉寻之不遇

在酒泉，我问她："你在哪里？我在南大街。"
但没有回答

于是
我走到钟鼓楼就返回
嘉峪关

其实
在南大街，向钟鼓楼方向走不远就可以到
泉湖公园
霍去病的酒泉就在那里
我也知道
她不会在那里

只是
之前，我还是不能确定
一切是否属实

说点自己不懂的 (组诗)

忧 伤

她看着窗外——
一只长尾鸟飞到槐树上，身影没入树叶中
不知它飞走没有

这只鸟是不是前面那只鸟
如果是，它再次光临槐树是想重复什么
如果不是
它又来自何方

黄昏过去，夜晚到来，槐树被夜色淹没
它是否还在树上

一声尖叫，从幽暗的深处发出
凄厉、悠长，像黑暗中的闪电

她还在看窗外——
槐树上那只鸟
是否
还在

说点自己不懂的

我为什么要哭？很简单，因为我的一个朋友去了
昨天我们还争吵，昨天我说你——
去死吧

如果我的言说真是有效，我为什么要哭呢
我完全可以现在说：你当然要
好好活着

蚂蚁反击

河岸上，我们走着，手触摸着手
我们都太专注
自己的想象
谁也没有在意
我们曾踩死在脚下的蚂蚁

多年后，当我们各自回忆
共同提到
那些在我们骨髓中
又痛又痒的黑色蚂蚁

我们苦笑着，再次将手放在一起
安静等待
蚂蚁离去

回　身

与我一样哭喊的那些人，如今都已不知去向
是我离开了他们
还是他们离开了我

我去了我们以前曾在一起的地方
那里荒草丛生
风吹过，只有我
一头乱发
我看到许多影子，他们不想出声

我明白我所有的努力，最后只剩下微不足道的一点：
我一样也要离开，但我还会回来

给　你

我们为无尽的忧伤活过。之后
就好像
从来都没有过什么
忧伤

第三辑 轮回的枝条

（1993－2017）

第一编：与梦有关

人在匆匆追赶，在追赶自己以外的事情，听啊
听，巨大的铁质的双手下
比火焰更红更亮更刺眼的
是什么样的躯体它在挣扎

人还在匆匆追赶……

一座大楼的嘶吼

我不只是想去寻找一个人，当秋天的黄风覆盖穿刺一座大楼
一座大楼就是庇护，当风骤起
从一楼到六楼，我要穿越迷宫
弓腰爬行，和随处都被光线穿透的蒙尘的装潢的玻璃窗
和扶手相遇。还有楼门口的一字摆开的盆景
被设计的盆景相遇，然后是花瓶
装饰花瓶，虚假的景泰蓝花瓶
高大而腐朽，但外表富丽堂皇，它的肚子里装的全是秋天
凉凉的风。但它还不会倒下

在三楼我碰见一个人，神色慌张如从楼道扔下的空饮料罐
他说："你听，你听那声音多可怕！"来不及我再问他
他已一溜跑下去。他跑过我的身边
我感到冷森的风吹过，又是在三楼
我碰见一个人上去，他像是一截直立行走的
木头，根本就没有在意我
我故意咳嗽。但一声破锣的响声不是音乐，况且音盲也不会
纠正这样的错误。他继续上楼
楼外的大树在风中呜呜
我也想对他说："你听，你听那声音多可怕！"

还能怎样？只有自己怀着恐惧如枪口下的兔子，要么也逃走
要么缩起来，听凭安排，我不知道

风吹一座大楼，这大楼的嘶吼使我害怕
我像是刚进入它胃中的食物
不是那跑出一楼的被吐出的食物，也不是那走上四楼的要
进入肠胃被消化的食物。这座大楼在嘶吼
我听到了它的愤怒的叫喊和摇晃

一座大楼为什么会嘶吼？为什么困住我？

一座大楼的外围是高贵的，不知情者会产生无端的敬畏
一座大楼的内部是虚空的：
空心的桌子，空心的椅子，甚至还有空心的人
以及空心的声音
在大楼里回旋，产生曲折多变的气流
但一座大楼还是空心的。这就是一座大楼嘶吼的原因？

一座大楼难道是有灵性的，可以说出我们无视的腐朽？
一座大楼难道困住我
是想让我做它的一个极为蹩脚的
侍从翻译？而我或许
也是这腐朽的一点

这难道就是一座大楼自己嘶吼的原因？

然而，一座大楼的嘶吼或许只是设计师的作为，一个寓言
当风吹来时就被说出，这个巫师般的
设计师，或许是他预见了这座大楼的
命运，和我瞬间的命运以及许多人的命运

风息后，一座大楼显出慵倦的平静，就像什么也没有发生
可是或许
因为一座大楼的嘶吼，总有些什么被改变
比如我，我不想再去寻找那个人
说出我心中的苦闷和愁郁
比如那个人，或许他也会害怕
或许他会迅速走到自己想要去的地方去寻找熟悉的声音
比如还有
这座大楼本身，已在倾斜
它的嘶吼是否可以震落自己身上的尘埃。是否可以倾吐尽
自己肠胃中的腐朽，使一切清醒
这些都有可能

机械：与梦有关

一

寂静，万物骚动的肉体和盲目而空荡的心灵，寂静
连同我的不能预知的梦

金属是一只酒杯，供我们啜饮和哭泣
混乱的机械的线条，我们多变和不定的目光
也一样不能预知远处

寂静，只是让人和事都寂静
在偌大的黑暗的广场，找一个角落，寂静

万物都已不再喧嚣，万物和我们一样，已寂静
聚集，遵从一个隐秘的召唤

二

人在匆匆追赶，在追赶自己的影子
金属的飞翔和机械的伫立

飞翔是一段故事，人群的喧哗
没有开始，中间是火焰，是炙烤，是汗，是血

是泪……没有结束

一段故事是循环数节。一生的辗转反侧

人在匆匆追赶，在追赶自己以外的事情，听啊
听，巨大的铁质的双手下
比火焰更红更亮更刺眼的
是什么样的躯体它在挣扎

人还在匆匆追赶……

三

伫立的机械，呼喊的机械，没有梦而沾满梦的呓语
机械，开满了花朵
爱的残枝败叶

在你的身影下生活的机械，不可一世的是梦
卑微的也是梦。在人群的河流之上叫喊的机械
沉默的也是你
矛盾、痛苦而又无表情的机械

你是怎样的先知先觉啊，无数的泪珠串起的机械
给予我们又悉数拿走
怀疑和渴望的
双眼

四

是怎样的辉煌，怎样的转瞬即逝，如轻烟的舞姿
被风吹散。金属的骨骼在风中
无人的机械的海滩
阔大的黑色中，这骨骼的风铃在
空气中回响
说着一个时期的消逝、隐秘和杀伐
多余的肉和水

五

让风吹洗肉体，如大海冲刷岩石
让太阳烧烤肉体，如盐浸泡伤口
哭喊、欢呼、死亡、消失

六

茫然注视这耸立的森林，他们仿佛都在低语
遥远而又神秘的森林啊
腐叶，痛饮地酒的腐叶，也感到了惊恐

虽然我也曾金黄，让人瞩目
置身于机械的森林
但一样茫然
茫然的痛苦，茫然的焦虑，茫然的伤悲
茫然的双眼的火焰

就要像这茫然的腐叶一样
燃烧

七

阴暗、潮湿、灰烬、梦。肉体的腐烂不需太久
机械锈蚀，脱落的泪水也一样在耗干自己，如
群鸟飞去，不复返回

我们的屋顶已没有遮蔽，受伤的箭镞和破败的
梦一样，对准的是自己
痉挛的心脏，死亡收取
灰烬之后留下什么
英雄远走，英雄也已不再是
英雄，他的哭泣
也已然似妇人一样无助

八

机械的身影和我们的梦，血洗亮这堵墙
苍天可鉴，黑夜熟睡
大地熟睡，天空的星辰熟睡
而我们寻找
我们曾经热爱，曾经害怕
死去，我们死在这堵墙下

九

机械，你如梦的浮雕的机械你比花岗岩绚丽的机械
大地漆黑一片
你小草般死而复生的机械你人群般如梦初醒的机械
天空没有光亮

你睁开渴望的双眼，机械
你掀去久蒙的面纱，机械
人群已不再沉默

你大喊一声，机械，在这金属汹涌的浪涛里
你说出人群火焰的言辞和
你金属心灵的
期冀

第二编：轮回的枝条（一）

如果你死了，我会踹你一脚，
然后指着你戏谑地对别人说：
"看！这就是那个不让自己安心，
也不让别人安宁的家伙，现在终于完蛋了！"

"但他做了自己该做的。
而我们，不过是完成了事物一次
微不足道的循环。"

轮回的枝条（一）（组诗）

事物的教诲

障碍处，光是会被反射的；宇宙中，光是要弯曲的；碰见黑
　　洞光将被吸收……
而尘埃无处不在
它是障碍，是反射；是宇宙，是弯曲；是黑洞，是吸收；是
　　光……
原是我之

——生前与死后——

我之自由与尊严，我之欲与爱，我之拒绝与忍受，我之虚无
　　与永存
原是此尘埃亘古
至今不受束缚的
记忆

怀疑的悲哀

佛祖啊，这个人他无法全然遵循你的训诫
他的心中为此更加焦躁不安

难道他所做的一切，不正是
在以一个新的欲望
替代诸多旧的欲望

（难道精神的信仰，不一样是一种欲望?）

事物自己呈现

"如果我所做的一切，是对于事物正确的回应
我为什么还要为自己的作为而感到焦虑不安?"

"一切都要呈现，事物自己找到庇护的方式，
我自己要承担后果。"

如此安慰

他肯定也是在画一个圆，这一点已越来越清楚
但他还是希望这个圆画得
恰到好处——

恰好起点与终点完美重合

恰好完成了他一生都无法完成的工作

轮回的枝条（一）

他们谈到了冬天的树，他们谈到了删繁就简
以此抵御寒冷——

他们谈到了树边的路，他们谈到了就此别过
因为时间不多——

他们还谈到了树下的人，他们其实是在谈论
他们因何在此——

他们都没有谈到就此结束，他们还是在等待
另一轮的开始——

绿叶会重回枝条，树木也会再一次向上生长
他们要活下来——

怀着深沉的眷恋与良好的愿望，他们要活着

三种菜单

一种是在厨房里，我的妻子为我们炒土豆片，做京酱肉丝、
　　菠菜豆腐汤的菜单
一种是在电脑里，我们点击键盘后出现的菜单
一种是在我们的头脑里，配置喜怒哀乐的菜单

我的问题是要将他们统一协调起来，使他们免于冲突与争
　　斗，共同完成一件事

尾巴轮回

那些之前我所蔑视与嘲讽，割掉的尾巴

已经枯干，散落各处的尾巴
如今要回来
要我滋养，在它还给我的蔑视与嘲讽中
要我低下头
一一地致歉

这所有活着不能说出的屈辱，这隐藏而
不死的种子
要破土而出

墓志铭

如果你死了，我会踹你一脚，然后指着你戏谑地对别人说：
"看！这就是那个不让自己安心，也不让别人安宁的家伙，
　现在终于完蛋了！"

"但他做了自己该做的。而我们，不过是完成了事物一次
微不足道的循环。"

一次完成

尘埃最终将是他的另一次旅程的开始
但这
并不能阻止他
也不使他沮丧

正是这尘埃的归途
像一面镜子

照见他生而为人的
无所畏惧

她

是一个人，也是一群人。这意思就是说一个人就像一棵树
而一群人只是一片颜色
太近了，看不清一群人
太远了，看不清一个人
就像天空中的鹰，只是一个黑点
这意思就是说，"人"，既可以是单数，也还可以是复数
视情况而定
那么，"她"是单数呢还是复数？

如果她是单数，那意思就是说如果她死了
就不再有她
可人还在用这个字
那么到底是谁死了？

如果她是复数，那意思就是说如果她死了
就应当缺少点什么
比如是"也"字，那意思就是说
死可以重复
或者是一个"女"字，那她就是另一个人
还没有死，只是换了一个形式活

但是很长时间了，我曾那么熟悉她。但也很长时间了，我也
　没有见到她

——我不再相信死亡，但也不再相信活着——

唯独错过今天

今天他突然想起一句话。但已模糊不清
他分不清
这句话是在梦中听到的一句话还是昨天与她一起吃饭时听到
　的一句话
为想清楚这句话和它的来处他头昏脑涨

就像一只不停地被充气的气球
随时都要爆炸。后来
好像是一个突然的响动，极细微的响动
就像一枚针刺了一下气球一样

他突然醒过来。原来他真的是在梦中想
今天和这句话

——没有开始和结束，也没有永远——

以何避免

长度是可以轮回的，一如这个句子
高低也是可以轮回的，一如这首诗中的声音

更严重的问题还在于，气息也轮回
它们在寻找心

再次轮回

那意思就是，当初你弃若敝屣的
换了人间
今要你弯腰捡起
视之若珍宝

未尽沉思，不尽轮回，无尽忧伤

——你看，问题就在这里——

你赖以生活的这棵树有它惯有的枝枝杈杈。它在你的内心
    生长
并不遵照你的意愿，它是你的意愿之前的意愿
它之所以生长成现在这个样子而不是别的样子
（至少一棵松树不会长成一棵槐树）
都是由于种子。但同类种子之间也不尽然相同
（至少经过鸟的肠胃与鸟粪一起被排泄到土地中的种子，
与从树上直接落到土地中的种子，带有不同的气息）

——你看，问题就在这里——

你的内心还不止有一棵树。或者干脆就是一片生长着各种
    树的
森林。而这些树好恶也不尽相同
有些没有翅膀想飞；有些到了春天还不愿醒来
你想砍掉一些树而让另一些生长

你希望长大的树与疯长的树也并不总是同一棵树

——你看，问题就在这里——

它们都有一种想钙化的趋势。它们都更像是病而不是树
或许，你应当似一只牧羊犬？它有着良好的训练与敏锐的嗅觉
像驱赶与看护一群羊一样
驱赶与看护这些树
让它们生长于一种自足、安心、愉悦与秩序之中

——你再看，问题还在于，它们并不全都在这里——

第三编：无需慰藉

在风中
我看见你是那棵红杉树，我看见你随风而动
我长久地注视她
之后，当我再看天空的黑斑
也是绿色

风也记忆——
我看见她，回身拥抱了你我
一次残缺的前世

无需慰藉 (组诗)

就这样活着

一个你压制另一个你
一个你教唆另一个你
一个你对抗另一个你

一个你替代另一个你
一个你安慰另一个你
一个你成就另一个你

一个你死另一个你生

态　度

——仿杰克·吉尔伯特《职业》

1

穷人
不养宠物，雅克
不写宠物
之诗

2

穷人
不为宠物花费金钱，雅克
不为宠物之诗浪费
时间

不为其动

心中有一群为饥饿所驱使的野兽
潜行，等待，奔跑，杀戮
弱肉强食是美
飘起的鬃毛与性一样
混乱，激烈
心中一样豢养着一群慵懒的野兽
饱食终日，无所用心
曾是食物的小兽眼前晃荡
他已惟余厌倦

也还有悲悯之心：不为所有野兽
不从所有比拟

献　辞

在风中
我看见你是那棵红杉树，我看见你随风而动
我长久地注视她
之后，当我再看天空的黑斑

也是绿色

风也记忆——
我看见她，回身拥抱了你我
一次残缺的前世

无需慰藉

一切都刚好。杯子开始也是一只完整的杯子
开始无故事
也没有迷路
与无处可逃
一切都有着混沌中的完美

后来是杯子破碎
不再完整
后来是杯子又被重新黏合，但多出一些线条
黏合而生的线条

这线条就是故事
当他再次饮下这杯中之水
也就一并饮下这
故事
和故事中的黑

离开的一再回来。他看见那只无处不在的手
在找
那些从未离开的

有着和睡梦一样的缺陷与
完美

悲　哀

说那么多。但我们都知道问题不在
这里
问题一直都不在这里。问题在那个臭鸡蛋竟然
已被孵出长成一只小鸡
已经不满足于藏藏掖掖
总想奔出——

我们都感觉到了有人在
一边说，一边极力摁那类似于狐狸
尾巴的东西

生存的无效与有效的修辞（组诗）

生　活

飞来的苍蝇的恶浊是我，飞去的蜜蜂的甜是我，飞来飞去的
　　蝴蝶的轻与重也是我
我也被红蜘蛛吃掉，红蜘蛛的一部分痛是我

死在蛛网上的虫子的软是我，破网而归的水滴的凉是我，绿
　　蜘蛛无色的毒液是我
网上消失时撕心裂肺而听不见的尖叫是我

有时我也吃黑蜘蛛，黑蜘蛛就是我的一部分
它们大都死前喜欢唱凄厉之歌以壮行色，偶尔也有的唱唱欢
　　歌，更像是在诅咒我

街边槐树之恶（二）

有意思没意思都在熙来攘往，有意思没意思都要说说藏藏
有意思没意思
都是生死存亡
有意思没意思
炎热，冰凉，安静，闹吵
有意思没意思

没意思
也要制造
意思

这样身在其中
看上去才更像是有意思
或没意思

假　定

我是风中那棵树，我随风而动。你没有看见风
你看见的是我的摇动

那么如果你是风，我就不是摇动，是随你而去

自　渡

他一脸的庄重严肃。他只为此生负责。他的方案简单直接
他说"克己复礼"，他说"仁者爱人"

他为我们许诺一个天国，但一脸忧郁
他为我们心中摇摆不定的疑虑而担心

他说世间无常，他说国土危脆，他说四大苦空，他说五阴无
　我……
他一脸慈悲。看我们在其中辗转挣扎

他是另一个。他一脸模糊
既然可以"等万物，齐生死"，那么你与我与走兽鱼虫们

还要悲欢离合个什么劲啊

——他们都在等，等我们，幡然醒悟——

而我们，进一步，退一步
我们，在一个隐喻无处不在的世界。我们替代，我们补偿
我们，退一步，又进一步

风中树

春天来了，还你以嫩芽
夏天，还以繁复
秋天，还以果实
冬天，还以枯枝

风吹过
还以摇摆。未还的是夜
和疾走

雁南飞，雁南飞

现在我们走，但这次我们都小心点
不要再惊醒黑暗中的
任何事物

这次，我们一样不说
就让他们去猜，猜中了我们也装不知

"人是目的本身"

吃为了活着
吃为了吃，吃为了不吃
活着为什么？

有鸟屎掠过我的鼻尖
抬头看天
一无所见
如此蹊跷之事
竟然发生
需要一个合理的解释

低下头来
——但可惜没有——
也不需要

依　然

灰太阳还是升起来了，但天空依然是蓝的
死人又回来了，但比我们还要悲伤

你每天依然给孩子讲神话故事，只是慢慢地你相信它们都是
　真的
你说，善如果最终没有战胜恶它就不是善

你当然知道，逻辑背后依然是欲望
人所做的一些事情，其实依然不需要解释

这次是死猪让我们想象

这次，还是在想象中，这次是我在大街上遛狗
我想到，想象中——
麦子曾经铺天盖地，而农民依旧；地震曾经摇撼世间，而人
　心依旧
现在又是死猪成群，又是义愤填膺或自设法庭
一些遮遮掩掩，一些明火执仗
一些象征，一些比喻
一些沉默，一些起哄一些胡话
一些匆忙辩解，一些急于揭穿
这次，还是在想象中
一样成群漂流，跨长江，渡黄河，比死猪壮观

都又有了新的可以下手之处
在想象中，我们借尸还魂
但可恨的是死猪竟然不领情——
死猪就是死猪死猪已不需要人替它叫唤（代言）
死猪也不需要那些隔江搔痒

这次，还是在想象中，我们再想象一下
这次是死猪还在活着的时候
死猪问我们，"如果我们不是在漂流而是走在屠宰场的路上
　你们又
要想象些什么呢？"

春天来了，万物要欣欣向荣
这次，在想象中

寰宇已然澄清，我们喜欢上了猪头猪脑猪下水
我们猪言猪语猪叫欢

停不下来

我们追，你快速跑
在山的阴面，你快速地向上跑
我们气喘吁吁
我们向左追的时候
你突然向右拐
消失
我们看得清楚，你进了那个洞
但当我们爬上去时
洞是空的

最后我们空手而归
我们
满脸泥土
我们
哈哈大笑

我们
相互嘲笑彼此
是怎样地被你愚弄
就是这样我们
长老
当我们要停下来，你就在眼前
晃

第四编：无端涂鸦

一个你是破碎的，非逻辑的，

不和谐的，也是无道德和没有理性的，

甚至，是暴力的和色情的，

无连续性断裂的偶然的……

是黑暗的，也是变态的。

你以过去想象的未来，也是丑陋的低级的，

这样，你所有的努力最终是白费的。

你的魔鬼就是你的神。

它粗俗、自私，也寻欢作乐……

而你的天使在人群中飞。

她在找，但有时更喜欢看着你作恶而冷笑。

无端涂鸦

1

有时不想。
是解脱，
有时想。
多悲凉，
我们，都不能有终其一生的仇恨
与热爱。

2

是你感觉到，在你告诉我
之前，
有人已经
无话可说。

3

现在猴子不在树上。
现在猴子骑墙：一只，两只，三只……九只，
第十只不在墙上的
猴子，

就多少有些不合群。

天不予孤立以“智”，
天亦终究不予骑墙
以“仁”。

4

耳朵持续鸣叫。
白天公交车内众人的喧哗，
掩盖了它的
痛苦。

而当深夜寂静，
耳朵就更像一个出卖国家
利益的叛徒，
不停地发报。

已无人接收。
没人能去得了的天堂成为
现实的牢狱。

5

自由，是走钢丝的自由而不是
违反交通规则的
自由。

6

策高足，据要津，各为己。
岂是漏网之鱼，
刀俎之肉，
更在庆幸。

7

那只鸟在想，
如果在天空能睡觉就好了。
就不用为
树枝的消失
担心。

8

那口锅骤然破裂。
不是火也不是水之作为，
而是以火烧之后
再浇水。

9

并不是所有的病都是吃出来的。
还有一部分病，
纯粹是想出来的。

10

多可悲啊，
我太在意我园子里的那点果蔬了，
所以看虫子，
也差不多都是害虫；
所以鸟飞过，
也几乎觉得它们都
心怀叵测。

11

一个你是破碎的、非逻辑的、不和谐的，也是无道德和没有
　理性的，
甚至，是暴力的和色情的、无连续性断裂的偶然的……
是黑暗的，也是变态的。你以过去想象的未来，也是丑陋的
　低级的，
这样，你所有的努力最终是白费的。
你的魔鬼就是你的神。它粗俗、自私，也寻欢作乐……

而你的天使在人群中飞。她在找，但有时更喜欢看着你作恶
　而冷笑。

12

昨夜梦。虚无寺老和尚说：
"你那破败寺要重建。老衲赠你玉佛一尊，

作为镇寺之宝。"

醒来四顾茫然。
转念一想："既为破败寺，要玉佛做什么？"
指不定呀此刻
虚无寺那老和尚在怎么笑。

13

幼时，从不怀疑天气预报，可它总是出错。
后来才知道，
是自己生活的那个地方太小了，
不在
天气预报的
范围。

14

那个人，他自己想死也就罢了，
那就去死吧。
让人不能容忍的是，
他还要教唆一个人，
与他一起死。

这个可怜的人，他决意孤独地
活着。
却也不能孤独地死。

15

早晨，
阳光清亮，天空浅蓝。
上山，
松柏深绿，各色草木也开始返青。
途中，
经过一片墓地，真安静啊，扫墓人看上去像影子。

中午去超市买一袋米。出来看见，
广场上，耍猴的人正在鞭笞猴子。

最近牙痛，晚饭清淡，是一锅粥。

夜间入睡更迟。总是听见他们，轻轻地来来去去。
可是，
我已厌倦，不明不白的事物侵扰。
所以，
索性圆睁双眼，坐观
其行。

16

结果不外乎意料之中，意料之外。
这是一个与人心并行不悖的法则。
多少让人有些
失望，随之有些释然。

17

还有些病是圈养出来的。
就是最近，
在梦中，他实现了他的
美学暴力——
他对每一个碰见的人说，
"昨晚我梦见自己死了，你来参加我的葬礼，还流了泪。
很是感激。
但悼词中还有点小瑕疵，
那里面提到的名字不是
我的名字，
能否麻烦您再修改一下？"

18

现在，我有些明白，
肉体的记忆与意识的记忆，还有灵魂的记忆，
它们有些不太一致。

意识或灵魂极力想忘记的，可能恰恰是肉体
念念不忘的；
就像肉体极力想忘记的，意识却时不时提醒
不能忘记一样；
而灵魂更多的时间，都在为它们记起或忘记
处于焦虑，或者是
两难之间。

所以，当我说：
我爱，或者我恨，诸如此类的话，你都不要
当真。以免它们较劲，
让你受苦。

19

那愈合的伤口，有一道明显的痕迹，
也比原来要厚要硬。

像是上苍的奖赏，
有时还隐隐作痛。

20

问到最后，就像剥洋葱，我们两手空空，我们泪流满面。
我们苦笑着说："原来里面什么也没有啊！"

我们都是玻璃制品，我们易碎。但我们并不透明。
如果我们相撞，总是有一个人破碎更多些。

我们也不似蚯蚓，可以一分为二之后，还能活着。
我们也不似其他事物。
我们的痛苦要更长些，有时差不多是一生。

既然肉体不再生，既然我们不识自己的前世来生。
我们为何，

还要让肉体不得安生。

不如吃掉洋葱。
就像洋葱本来就是食物，就像我们的生活，本就是存在。
我们为何，
还要不停地问。

21

儿子说还是睡沙发舒服，软；
而我现在喜欢睡木板床，硬。

我突然想，
这是因为我们的身体差别，造成了不同
选择。

可是我们更多的时候却以为
我们内心的那些
想象、比喻、象征，和意象，如此等等，
不是身体的需要，
而来自精神世界。

22

三爷爷走得早，未及娶妻生子。
他是国民党抓壮丁时，代替四爷爷去当兵的。
后来，他的坟茔也在大炼钢铁，
修梯田时，被夷为平地。

好像，

他来到此世间，只为了一件事。

而就这一件事，连同他，

现在，

也已被即使是最亲的人，

忘记。

23

不是欲望，而是希望；

不是希望，而是渴望；

不是渴望，而是失望；

不是失望，而是绝望；

不是绝望，而是悲伤；

不是悲伤，而是忧伤；

不是忧伤，而是厌倦；

不是厌倦，而是疲惫；

不是疲惫，而是遗忘；

不是遗忘，而是陌生；

不是陌生，而是你我，

影子一样，晃了一晃；

不是想象，不是比喻，

不是象征，不是隐喻，

不是寓言，不是意象，

不是幻象，而是事实，

影子一样，晃了一晃。

24

丁香说开就开了，我们还没来得及细嗅。
几次大风，几场沙尘，
留在舌底与唾液和成糊状的沙子，
我们还没来得及消化，

兰州的春天，
我们还没来得及享受，
说走就走了。

也不告诉你，他们说分手就分手。
那些，
不便示诸世人的秘密，
他们说忘记
也就忘记了。

25

直到此刻，他还是不打算告诉那个人，
也不打算完成它。
他要把它留给另外一个人。
他是这首诗最后的作者与
读者。

他们的心中都各自有一个破败的作者与完美的读者。
他们，

恍若隔世的情人，

他们，

还没有认出彼此。

26

广场上那群鸽子的好日子终于到头了。人群随即
散开。今天一早，

我又看见一些人，举着绑有红布条的棍子，

在矮屋顶和主席台周围，

同时驱赶。

但鸽子们还是不肯离去，一次又一次地飞回广场，

一次又一次地被赶走。

一次又一次地，鸽子在广场附近久久盘旋，

直到夜间，无人之后，

它们又回到广场。

但我们其实知道：

明天一早，他们还要继续驱赶，它们还要继续飞。

赶来赶去，

飞来飞去。直到它们彻底厌倦，

不再依恋。

27

肉体需要一个可以重复使用的安全模式。

心也需要，规则地记忆。
虽然思想总是
逸出，也自我责罚，
但还是努力要建造一个坚不可摧的
安乐窝。

28

至少水是古老的、长久的与永远的。
至少水是必需的。

它也说话，但我们很少听懂。
它也思想，
但比我们更深、更远。

我们从水来，中间有些改变，
然后，
我们还要回到水。

29

从一个地方带走的，从另一个地方带回来。
现在地狱
空空荡荡。
也不是都去了天堂，而是老旧的地狱之门，
已经关闭。

30

春天打开几扇门，
夏天进出几扇门，
秋天压弯几扇门，
冬天关上几扇门。

事情也有另一面，
有几扇春天没有打开的门，
冬天却敞开。

门内的人等来
寒风，就像等来，
没有来的人。

31

现在看来，以前热衷色彩的人，开始缓慢素描。
以前沉重的身体，开始在天空飞。

一切越来越像一种补偿，或剔除。
很多人未能坚持到死，就不得不换了各种形式。

——是的，这看上去也没什么错——

有的人只经历了其中一段就走了。
以前他只能待在一个地方，现在可以到处走走。

32

我们与尘埃毫无二致？即使我们这样想，也一样，
无助于问题的解决。

除非我们就是尘埃！

33

一本经书上写着，
若念诵"amita"十万声，不间断不夹杂
奇迹自会出现

而他终于没能念诵
而奇迹也终于没有出现。奇迹没有出现
而他总在胡思乱想

而这还不是问题，问题还在于，他还在
一味地等。那些于他而言
一无所知的奇迹！

34

那些离开树的叶子，落入身旁河水之中
河水就起了一圈一圈的褶皱。河水知道，树叶对她做了什么

在褶皱中，树影成为黑色圆盘

树把头压得更低。他一样知道，河水对他做了什么

而久坐在树、褶皱与河水之间的那个人
也知道，它们都对他做了什么

但他们，都不知道，他们对我做了什么
也不知道，他们各自做了什么

事情就是这样。我在这里看见的，在另一个地方我不能说起
我在这里想起的，在另一个地方，我必须忘记

35

开始，我们都以为我们独一无二
不会与他们一样
后来，我们与他们没有区别

像他们一样，他们也谈论过
就好像我们，从来都没有谈论过
那些气血翻涌之事

36

我们，不缺死的理由
但缺一个，你与我共同甜蜜赴死的无可置疑的优美的动作
我们，不缺活的理由
但缺一个，没有理由的爱，与活着

现在
我们活着，完成未竟之轮回。我们角色互换，剧情也相反
我们只是在梦中，偶然地认出彼此
我们，曾深深地迷恋，彼此的身体
甚于我们各自的思想

——在前世——

我们，曾是一对偷情的小恋人
那时，你也曾说
你是我，我是鱼，鱼是云，云是霞
霞是雨，雨是溪流，溪流是高山，高山是树影，树影是死
死是念，念是苦，苦是乐，乐是生
生是我，我是你

那时
在落入另一次轮回、枯败之前
我们都曾说，无限
美好！

37

为一张坏死的脸活着。他们争吵，相爱，厌倦与和解
为巨大的黑洞，成为死之生。他们还需要，保持克制
淡漠与遗忘

38

当然，如果他们不吃不喝，那不是因为他们心情不好
而是他们生病了。如果他们不说话，那也是因为他们
的确已无话可说

39

但在睡梦中
黑色的天空还是来了。这次不是眼睛看见。是心看见
黑色的反光
燃烧与逼迫

40

就好像生活真的井井有条，内心
真的井井有条
从不出错
他安静地
工作，吃饭，睡觉

但生活其实很混乱
整洁像是一种虚构

也还有另一种可能：
生活本来就很整洁
混乱更似一种虚构

夹杂不满

他一再
在这虚构的整洁与混乱之间
在这真实的混乱与整洁之间
来回走

41

死。痛哭。描述。象征。谴责。缺陷。不幸。
愤怒。同情。恐慌。
需要一个已知。需要逻辑。需要理由与安慰。
需要一次
想象中的死而复生。

但已去的人们，终究不会再活过来
还活着的要好好活

也更需要很快忘记
有人曾经像失去理智的演员，疯狂
有人更像
多余而无声的观众

第五编：从广场西口到天鹅湖

没有时间：那意思就是，
过去（经验）、现在（生存）、未来（想象）
是共时的，那也就是说
既然已没有欲望，也就没有失望
与焦虑

没有空间：即所有的人、事、物
是共在的，一切都是一切的见证、
观察、参与者与谎言、控诉和狂欢

为此
石头打坐，海水诵经，人而作恶

从广场西口到天鹅湖

1

他们已然不能容忍，他们挤来搡去
终于，他们都累了
疲惫地待在了各自的地狱
和天堂里

但无论如何，车内滚滚热浪和污浊的空气、拐弯和急刹车
还是不时提醒他们
在这里
即便是坐着
要做梦
还是有些不太现实

2

站着的人，他们的神情又何其冷淡
他们就像是局外人

还有一些，是随时准备犯规的球员
只等裁判哨声一响
立马走人

3

他们都有一个铁制笼子
私下里圈养着想象的对方。几乎从不打开
只是在暗处，相互折磨
撕裂，念想

4

他希望自己是可折叠
与可压缩的
是可以存放任何人事物与在任何人事物中存放的
这样，他就不会浪费
与占据
更多的空间

5

有人碰了她一下，她的梦就醒了
她很不情愿
还没有到站

——剩下的漫漫长途
她只能醒着走完——

想想这人生
还真不少无奈啊
有时明明是想做梦却被打扰醒来

有时都睡过了站
却没人叫醒

6

这逼仄的行走
起点和终点他们都很清楚
途中一些意外
他们消化

他们更想知道
起点之前
终点之后
是否还有异样的一生
为这个
他们还在不停
换乘车次

7

"妈妈，我正在回家的途中
您不要担心
因为路上堵车，可能会晚点。"

而这中间的时间
何其曲折、粗糙
妈妈睡着了，他也睡着了
他梦见妈妈
唤他

妈妈梦见
他回来的
脚步

8

从水泥地到水泥地，尘埃并没有减少
相反
因为它们再也不能回去
它们显得更多，夹杂更多，更多细小的沙石，更多飘忽和烦躁
一些在飞，一些还在叫
只有当雨来时
它们才暂时看起来是水泥地的一部分

是的，它们好像也一样
遵从一些指令，一只或数只隐形的手
让它们聚，让它们散
让它们，从一个地方
到另一个地方
从一座水泥建筑，到另一座水泥建筑
它们都没有精力与时间
再去问，一切，为什么

9

她总取笑他是一朵苦菜花
现在，这朵苦菜花白天大部分时间在车厢里生长，丧失水分
夜晚，回到她的怀里做梦

为什么他在梦中眼含泪水？
因为白天
他差不多就是一白痴

10

气球，卵石，泥淖，刀子，人
他们混堆在一节车厢里

有气球想飞
有卵石想要砸碎钢化玻璃
有泥淖想喊
有刀子
想要杀人

幸亏还有人，没有到站
就匆忙逃去

11

路边矮灌木丛中，有人要呕尽胃中食物
这样他才能开始又一次
长途颠簸

12

有些事情，还没有开始，就已经结束
就像有些事情，已经有了结果，还没有结束一样
在后视镜中，他看见他已经下车

但他的心中知道，他才刚刚上车

13

快车在有些站点是不停的，这他知道
他问师傅："白马浪停车么？"
师傅回答："不停！"
他又问道："那白马浪的前一站停吗？""不停！"
"那白马浪的后两站呢？""不停！"
"那哪里停车呢？""哪里也不停！"

（白马浪的前一站是中山桥，后两站
是黄河母亲）

是的，终于
找到了一辆快车。但前后都不是他想
要去的地方

附：

1

那么多星星
在黑色的屏幕上无声等待与闪烁了一夜
终于对白天感到失望
相继隐去
即使是曾经最热烈与最耀眼的那七颗、三颗、一颗

他终于不再相信，十一颗星星还在

他开始怀疑
十一颗星星已经不在

它们分别是：北斗七星、参宿三星
和太白金星

2

今天他不想说话
不想做事，不想思考与想象
甚至，今天
他不想想

今天他没有眼睛
没有耳朵，没有鼻子与舌头
甚至，今天
他没有身体

今天你不认识他
他从你的身后走过时，你甚至都阻挡了他的脚步
你却无法告诉人
今天，他又是谁
做了什么

3

没有一面镜子，在其中
他能看到自己
他看到的只是他的一个不存在的影子

不是他

4

那些死人，总是回来。他们想完成自己的梦
他们，找到他，要他代理他们的梦

他厌倦了为那些毫无新意的梦活着
同样地，他也在寻找
一个代理人

5

他为什么会听从你？因为你是一个傻瓜
而他不想思考
他为什么要相信你？因为你是一个傻瓜
从不骗人

6

他们像他一样在浪费纸张
他们
为什么不把字间距调小些
他们
为什么不把行间距调窄些
他们
为什么不把字体调合适些
他们
像他一样，想要强调什么？

7

天啦！
你为什么要想他？
如果他
不想

——如果他想你
就要告诉你——

既然
他不说
那你也不告诉他
你想

多好！
这样地无声无息
思念
才更像
思念

8

象声词：扎堆活着
动词：大多有一个敌人
修饰词：潮流
名词：虚空
代词：无确指

9

奥——回塔拉加米　米都拉
卡巴亚
韦斯拉加阿米伽
切帕！

10

一生就是阅历、思考，与自己争论，再推倒重做
加法，或者减法
不合时宜地喊叫与沉默
欲望明确，目的
含糊

11

易，尚书，佛典，道藏，国史旧闻……
漆园吏，横渠，诺瓦利斯……诗，哲学，伦理，美梦……
银杏，红杉树，胡杨，含羞草……
黑豹，海豚，鬣狗……虚与实……

万物都是小丑，万物自己无所从观
万物都是基督，万物自己无所从知

12

没有时间：那意思就是，过去（经验）、现在（生存）、未来

（想象）
是共时的，那也就是说
既然已没有欲望，也就没有失望
与焦虑

没有空间：即所有的人、事、物
是共在的，一切都是一切的见证、观察、参与者与谎言、控
　诉和狂欢

为此
石头打坐，海水诵经，人而作恶

13

近处
他看到的一片砖头上坑坑洼洼的缺陷
正是远处
被设计出来的模糊图案上一段必要的
线条

第六编：叶落，不慰之慰

冬天，那还挂在枝头的叶子
以及没来得及成熟就烂掉的果实
——它们如此安静——
都听不见它们飘零与跌落的
声音

肉体的挽救成为诗歌的意义 (组诗)

数杏仁之后

太多太乱了，不，是太硬了
也不是，是太苦了

或许
那表皮粗糙的，内心可能会
不同

那就都晒干罢
或许，丧失之后更容易区别
概念与生活

辨　认

不应该
短尾巴的兔子擅长狐狸的事
不应该
长尾巴的狐狸说狮子的坏话
不应该
孤独的狮子与一群苍蝇为伍
不应该

绿头苍蝇的遗嘱中没有复仇
不应该
不相信这样的事还不会发生
不应该

作　为

即使底色乳白，时间太久一样泛黄
我们已经厌倦一种颜色持续、腐变，修改死去与活着
厌倦时间自顾自的涂抹
于是，来——
我们在它的背面，适当搞点小动作

坍　塌

一个人看到的，另一个人看到；一个人从来没有看到的
另一个人也看到。只是
他们都已暗悉
怎样恰当地保持叫喊，怎样适时地保持沉默
而免于非命，无端惨死

怀念一个人（二）

夏天亦有彻骨之寒，即使苦于汗流浃背
在西宁，他仍旧看见他在一隅窗口观看着大街上的人群
铲形便帽一样在人群出没。他不能分辨

他们有什么区别

在塔尔寺，他也一样看见，他对一个喇嘛喋喋不休地说
"礼敬上师！您是知悉轮回的，我来了！"

不过他还听到他说："停下来！停下来！"
在哈拉库图，鹰继续飞。但他不知还是不是先前的那只
怀孕的白头的雪豹。他看不清他的影子

他来去。人世并没有更好，也没有更糟
他的质询，他手中热乎乎的苞米，他的
空心人、紫金冠。差不多都是一回事啊

那些各自燃烧的事物，也冷下来。灰烬在找属于自己的
风。像来过的人
最终要消磨掉，不知去向的大地的炎凉
盐渍痛蚀的皮肤

回

你错过我，我不惋惜；我错过你
你不惋惜

我们错过爱，我们不惋惜
我们错过恨，我们不惋惜

我们还会再次错过，我们不惋惜

还有更多，那不容错过的
我们不惋惜

肉体的挽救成为诗歌的意义（抄袭）

爱德华·阿林顿·罗宾逊早年的一本诗集，
被特迪·罗斯福总统的儿子克米特在预备学校图书馆的书架
　上发现。
克米特非常喜爱这本书，他让父亲也读读。
父亲读后觉得很好，
就说："想法找到这个人。"

嗯，这个人当时没出过几本书。他正在纵酒，挨饿，也快要
　没命了。

罗斯福总统召见了他。对他说："很遗憾，
美国不及英国，
英国有王室费用单——他们
发现一些有特长的人，就给他们终身津贴，
使他们继续发挥专长。如果
在一个文明的国家里，我会把你列入那张名单。现在我不能
　那么做。
不过，我倒可以在海关为你
安排一个工作。
这样，你将为美国政府服务。
看在上帝的面上，
如果有什么困难，
你就哄哄政府，坚持自己的诗歌创作吧。"

你会吗?

虚无寺老和尚说：
"耳朵看见，舌头走路，鼻子乱想，眼睛吃饭——
为的甚?!"
破败寺主持说：
"还放屁?!"

回友人及其他（组诗）

回友人

1

一次又一次地，声音轮回。它们都是另一个我们。
但我们为什么还要选择一个而
放弃另一个？
只是因为，被选择的这个更像？

我们最后笑着，酒与泪混合地
相互取笑着
我们内心的屈辱和虚妄的尊严。

它们，依然
都是我们，都是活着。而他已更愿待在这不打扰
任何事物与
人的黑暗与光交织的那些角落。

2

你说，"一把灰做的刀"
第一次我读：一把——灰——做的刀
我疑惑，"灰"怎么能做成一把刀呢？

第二次我读：一把灰——做的刀
我还是疑惑，"一把灰"一样做不成
刀啊——

可你分明在说，一把灰的确做成了刀

是的，是一把——骨灰
我们都知道
其间经历了怎样的增删

镜子及其他

造一面镜子，不是用来照自己，以为是
照妖镜，首先拿它照别人——
他们都让人多么地失望啊！
现在，拿这面镜子照自己，一样模糊

为此
需要再挖一扇窗，如果还是感觉有些
不适
那就填上一扇窗。只是啊——

只是，我们，还是并不真的就知道什么

蝴蝶，蝴蝶

圈养的那只蝴蝶，飞走了
不是它自己要飞走

是时间足够久之后，笼子自己首先就烂了
蝴蝶，不得不飞走

也还有另一种可能
蝴蝶并没有飞走，在一只看不见的笼子里
仍旧待着

腐烂的笼子究竟要
成为自制的笼子，有形也以无形更长久地
在一群人中间，活了下来

轮　子

开始
它只是在一个人的心中不停地转
后来

就成为一个
人
生活的全部

与宠物

他对它说：
"祝贺你啊！你真幸运！几乎是一开始
就被认领，而我都
快要老死了，
还没走

这样的
狗屎运!"

它轻蔑地说:"你这只酸狐狸,
你活该!"

如此荒唐

顺便,你就没有看见我
顺便,我就不能忘记你

顺便,月亮升起来
顺便,太阳落下去

顺便,我们就这样活着
顺便,我们就这样死去

无权法

既然,你们对他的生之苦视而不见
那么,也请不要
对他的死之恶说三道四

叶落，不慰之慰

1

他说："黄叶在秋风中盘旋，是徘徊，是恋恋不舍；
一路零落，是为极乐。"

她说："停下来！
否则，一切都可能只是又一次
心猿意马。"

2

之前
是看不见枝干指向哪里的
叶落之后
就可以清楚地看到枝干所指的方向
绝不是落叶要去的
地方

3

瞬间
落叶辨认了自己的前世

回去
来处

4

显然
至少这次，他错了！
现在是——
风在动，幡也在动，仁者之心更在动
不动的
是看似毫不相干的
落叶

5

秋天
兰州城再次开始申报文明城市
白天的叶子被随落随扫
洒水车过后
西固区黑黝黝的街道似鳄鱼皮

夜晚
未落将落的黄叶
最后窃窃私语着自己不知情的
命运

6

应该将落叶在风中的旋转视为一种热情的癫狂
将叶落大地视为一种义无反顾
这样，事物与人就都有了各自的安慰与归宿

7

向下的事物之重，回到大地
向上的事物之轻，回到天空
回不去的是还在这二者之间
摇摆的事物，它们不想选择
那看上去更像是意外的设计

8

这些被精心配置的演员
突然不想扮分给的角色
——但这怎么可能——
因为舞台先于情节而在
因为道具先于表演而造
因为规则先于他们而生

9

落叶一无所知的死生，我们一样一无所知
落叶无可更改的一生，我们一样不能随意

10

你看，事情就是这样
秋天不只是收获与赞美的季节，也是腐烂
与死亡的季节

是肃杀和厌倦
结束了这场蓄谋已久的万物的狂欢与盛宴
也是它们，要继续
完成那未竟的部分

11

欲望
在他身上上演过的，也将
悉数在你身上
上演。这事
无
可
避
免

12

终究
落叶、秋风、树干、行人、尘埃，要各奔其前途
之前相互纠缠在一起的事

差不多似一场梦
即使忧伤，也不能
挽留

13

月光下
那落叶唱着，跳着，不知是喜是忧
一旁的监控摄像头
记录了这一切
此后，一辆车经过
它被碾得粉碎

还有落叶幸免，暂留下来
被那低头寻找的人
捡起来

14

它去过的地方我没有去过
它想去的地方我没有去过
或许，此生此世
除了它落下的这个地方
我们必将
相见，我们再也没有相遇

15

其实
他们是看见与听到了它划破黑夜的凄厉声色的
但这次
他们都决计
视而
不见
听而
不闻

16

明天会是
一个晴天：风清，云淡，天高，气爽
夕光中叶子会想起
一切
安心等待
一场又一场厚实的白霜，为它准备
死生资粮

17

还是这样的——
落叶是那些已经不在人世的事物的
平安书——

他们说——
天冷之前，他们就已收到了御寒的
百衲衣

18

你看——
那片叶子，它落得多么慢啊
为此
我们都失去了
耐心

19

为什么不说落叶是杀人刀？
落下一片
世间有心事之人就少一个

落叶还是狗皮膏药
收藏一片
一个人的心头之痛就缓解
一点

落叶一样是把钥匙
烂掉一片
这世间的门就要永远关闭
一扇

20

叶落不为我
我痛不为你
你扫不为落

落叶也还是落叶

落叶、痛、扫，哪有那么多干系
哪来那么多
废话

21

落叶没能回去
落在了它曾鄙弃的灌木丛中
多讽刺啊

又多欢喜
这些各色落叶，它们庄严与
成就了
另一世间

22

那落叶已然回到枝头！你没有看见
我亦没有看见

看见的那人，欢喜
却不言语

23

造景虽形累身事，权机而动成坏空；
万类志为无中有，层林念得一体修；
百千亿劫去来复，恒河沙数息自度；
堪怜吾曹说论死，终究不干摩尼珠。

即此即彼，如此循环 (组诗)

如此循环

看，可以，想不行；
想，可以，做不行；
做，可以，说不行；
说，可以，写下来不行；
写下来，可以；
看，不行。

忆及彼此

一些忙于诋毁，一些忙于叫好
一些忙于丢弃，一些忙于寻找

说生的人已死，说死的那人还活着
说厌弃为时已晚，说眷恋为时尚早

还说恨，还说爱
说怀念，说忘记……

都在忙着说，都没有听见彼此
到底在说些什么

归　途

冬天，那还挂在枝头的叶子
以及没来得及成熟就烂掉的果实
——它们如此安静——
都听不见它们飘零与跌落的
声音

回不去了

然后，他们就都找不到家了
都待在水泥屋里
而他们是活着的
却要看，高的水泥屋代替低的水泥屋
昨天还视而不见的那人
今天就真不见了

而他们，为什么还要为那死去的活着
唱赞歌
就像他们为活着的死去
找归宿

兰州城

所有的窗户都打开
四面冷风涌入，这是冬天
如果是夏天

四面就都是热的风

唯一还没有改变的
是无论何时
都要落一层，尘土
越久，越厚

越干燥
内心需滋养的霉菌
越多

总是这样

昨天，我又一次
给她打电话说：
"我们有新房子了，今年春节
我们在兰州过吧。"

她有些迟疑，电话中没有声音
很久以后，她说：
"那奶奶怎么办？
还没有过三年呢！"

悖　反

为什么睁着眼睛还要说瞎话？
因为瞎话有一双明亮的眼睛。

哭着醒来

在梦中
他们再次开始争吵——
他说鲤鱼还是红烧好！味道浓厚
她说清炖好！鲜美

他生气地剁下鱼头扔出窗外
喂狗
她生气地切下鱼尾放在猫的
碟子里

后来
她就哭了，他也哭了
他们
吃着变烂变臭的鱼身
醒来

死后签收

他们仔细地将
它们重新誊写
编号并且收藏
在他们生之前
他们没有细读

死去，再琢磨

这世界
无论如何
他们说
我们不能沉默

星星沉思

无论新的诞生，还是旧的死亡
他看见的她只是她在苍穹中的
一个投影，是过去在现在成像
世界也没有因此更拥挤或空旷

过去是未来的某处，不是现在
现在是过去的某处，不是未来
未来是现在的某处，不是过去

如果她在那里，他就不在这里
因她无处不在，而他没有看见
如果他在这里，她就不在那里
因他看见了她，而她却不存在

痛不再是痛

开始，结束；结束，开始
这样重复许多次
就会成为习惯。自己都觉得自己
不再可怜，而是有些可悲
甚至于可恶可耻

第七编：轮回的枝条（二）

在那里，
因为身体是冰冷的，所以感到大海也是温暖的吧。
不似这里，
总觉得空气中有丝丝凉意
掠过。

爱的人，
世界应该是不分彼此的吧。
在这个世界相互取暖，就像在另一个世界，
相互凝望，并不需要靠得
太近。

病中记：提前撰写的遗嘱

病中记

○

她陈年的病痛
再次发作。
这次她决计哭着进去，
笑着出来。

○

她自制的旧药箱打翻过几次。
以前她都是服用自制的药丸，
并顺便给自己预制点新药丸。

这次她又打翻了自制的药箱。
但这次，
她自制的药丸却并没有管用。

○

那陈年的药箱被打翻了。
内中存放的眼泪、饥饿、
屈辱、恨、恐惧、迷惑，

爱、欢乐以及盼望等等，
都倒了出来。乱糟糟地
到处滚动。

○

病，
修复她受伤的耳朵。
蚊子过，若盘旋的直升机。
苍蝇腿断，
若树枝
折。

○

"自己教育自己。"她说。

是的，是这样的。
自己教育自己，
学会
自我
保护。

但这次，还要学会
自我
遗忘。

这就对了。

○

他的病痛是你的病痛。

她的苦难是你的苦难。
它的生死是你的生死。
可是，
你又是谁的病苦死生。

老实地告诉你吧，
你首先是自己的
病、苦、死、生。

○

这里是唯一一个，不用担心东西
丢失的地方。
这里没人对你在意的东西感兴趣。
因为他们已不分南北。

而生活，也需要对一些南北，
甚至东西，视而不见、听而不闻。

○

她病了。身体很沉，
心很重，
不能均匀呼吸。

我要一直醒着，
直到她能轻安
入睡。

我看见
梦中的她鼾声如雷，

夹杂着长长的哭泣
和梦语。

为什么之前我从不
知道，
连这也会是
一个愿望——
她醒来微笑说：
"孩子，昨夜
我
睡了一个好觉。"

O

天亮盼天黑。
天黑盼天明。

只为无梦一觉天明。
只为吃喝一顿天黑。

只要她
健康地说
我之恶。
不要她
在病床上说，
我的好。

O

这是她第四次大病。
她给我说，

"你也把我的事写成一部电视剧吧，
一定有许多人
喜欢看。"

苦难太多、眼泪太多、巧合也太多。
都像是假的。
不要
他们喜欢，
我给她说我不要写、
也不愿说。

〇

他们中的任何一个说话，
都让他担心。
任何一种响动，
都让他惊恐。

他怕她不认识他。
他拒绝任何
他们关系之外的
任何角色。

让他们都认真、完整地，
不怨恨地
把各自的角色
演完。

中途也不变换。

○

同一个灵魂，不同的身体。
不同的你、我、他。

认清了身体，
就认清了你我他，认清了思想。
就不再被身体迷惑，
就不再为灵魂迷惑。

就为这个身体
和这个身体的一切
以及它的灵魂
安心，而又无知地，活着。

○

病在身上，她不醒。

病在天上，她不醒；
病在地上，她不醒。

病在心中，她不醒。

病是天上的
神、地上的影子
心中的鬼。

病吃
床上的人身和床前

移动的
声音。

〇

板凳在这里。
桌子在这里。床在这里。
为什么你视而不见。

为什么你视而不见。
却把一句话
当真。

〇

他坐在门槛上哭泣。
妈妈出门去了。

夜漆黑。繁星满天。
有一颗是妈妈。

时刻注视着他。
他会
健康长大成人。
妈妈
不要担忧。

只是有时,
他会哭着醒来。
有时,
他也笑着

入睡。

○

别的人都已酣然入睡，
你就不要醒着。否则
既让人担心又讨人嫌。
如此焦虑，于事何补？

○

她已满头白发。
童年的摇篮曲已是
老年鼾声。

○

会睡觉就会翻身？
这事不见得。

我看见梦中的她在不停地翻身，
但就是没有实现。

我却不能叫醒她。
以便于翻身。

○

深夜的汉水之上，
车流如水，大桥无梦，灯如星，
醒着的人是黑夜，

夹杂的犬吠，似一个人的哭泣。

而当她安然入睡，
一切都似催眠曲。

〇

一个影子远去，变小、变黑。
一个影子渐来，变大、变白。

一个影子是人，一个不是。
一个影子，只是影子。
一个影子什么都不是。

一个吓死人，一个缠死人。
多余的一个，才是爱死人。

〇

一个健康清醒的她好
还是一个
病的她好？

他说，
"我都接受。
我怕什么？
难道这个正常的世界
给我的
还不够多？"

〇

她哭了。他哭了。

你也哭了。

不哭而活着的那个人
还未出生。

〇

向前看，是旋转得越来越快的
轮子，和沿切线
飞出的尘屑。
向后看，是一堆一堆的乱麻
和被缠住的人。

不是你，就是我。
不是太快就是太慢。不是哭
就是笑。

附：

提前撰写的遗嘱

1

而在这里，
遍野只有黄沙可以掩身，这里没有鲜花。
能忍受么？

2

有他喜欢的人？有，因为有他不喜欢的人。
他喜欢的人是一个自己，他不喜欢的人是又一个自己。

他在这些镜子中整容。

3

世界是以它自己的样子而存在的么？
是的，
世界没有悲喜，所以世界没有变形。
而他有悲喜，所以世界在他的心中
不是以它的样子而存在。
于他而言，只有他的世界。而没有
另外的世界。

4

黑夜的河边，他还在哭。
他问过妈妈，"生而为人，为何？"
妈妈看着他，没有回答。

而妈妈曾说过，"没有你，孩子，
我为什么活着？"

黑夜太短暂了，
那么多的人都没来得及多睡会儿，
天就再次亮了。

5

那些曾让他迷恋和战栗的身体，如今让他
心碎。
那些他曾沉溺的地方，如今他无论如何都
想不起。

留在身体的伤痕，需要一生来
忘记。
而思想造就的欢愉，却随时在
变脸。

6

肉体是灵魂的梦游，所以
灵魂不在这里。
灵魂醒来时，就是肉体离开之时。或者，是同一，
是梦游的灵魂回来，
惊醒肉体。

这样究竟还要多久？只有
过去了才能知道。

轮回的枝条（二）（组诗）

1

他们，从不涉足，
他们道听途说，吃橘子皮，追问
愤怒的羔羊，为什么不死。
争斗的哲学最后是顺从，
拒绝是逃向又一个黑暗。
他们不死，在沉默中永存、
放弃、不闻不问，他们吃刀之刃。
静静地看我们，
来来去去，忙碌。

2

不是受制于他，
不是控制他，也不是离开他，更不是和解，
而是重新发现。

3

这个死人，
他活着的时候为自己准备好了一切。

所有肢解肉体与切割思想的
凶器。
但现在握在活人的手中，
所以是手术刀，
是救命的稻草。
但他知道他们所有的努力都是徒劳。
他让活人
心怀不安。

4

他们从来都不只是那些药材，
还是被不时加入其中的水。在这个药罐子里，
噗噗作响。
其下，或是熊熊烈火，快煎；
或是温火，慢熬。

到最后，
连他们自己，都既是这火焰，
也是这药罐，
更是这被熬制出的药和药渣。还是饮用者。
他们都既是病人，
也已然是自己的治疗和处方。
却不知医生
在途中。

5

他沉思默想活于其中的
那个世界，真的，
之言不足信，之行不足取，之处不足留，之物不足依。
所以，请，别再去烦他。

6

你想知道你们之间的距离有多远
那你先得知道
自己走了有多远。

7

那是一个事实，
但由于描述的乏味与无力，
就像影子喝水。

8

活着时
被之糟践一生，死后还是紧紧攥住
不放。

这样也好！
免得两手空空

诈尸。

9

最不该指月
盟誓。即使让身后那条冰冷的长凳来作证，
也强于它。

10

听说，
又有一颗巨星陨落了，不知又要砸向哪里，
真让人担心。

这里，
能否依旧？该吃吃，该睡睡，该受苦受苦，
该享乐享乐。

11

求求你们啊！别再拿什么真相之类的东西
来糊弄人了。他当然知道他是小丑。但，
好像也没有什么可阻止他笑得满脸是泪肚子疼。

12

都来吧。
待在这个有形的监狱里其实挺好的。

看看他们，
一生都为那无形的监狱而忙碌受苦，
都替他们
冤得慌。

13

前面的路是清清楚楚的，做与不做
都要到达。很无趣。
所以嘛，如果在途中逸出，也不错。

14

在那里，
因为身体是冰冷的，所以感到大海也是温暖的吧。
不似这里，
总觉得空气中有丝丝凉意
掠过。

爱的人，
世界应该是不分彼此的吧。
在这个世界相互取暖，就像在另一个世界，
相互凝望，并不需要靠得
太近。

15

他们是

一面面镜子。但不是他们照见
他的路
在哪里。
而是他在哪里，
镜子就
在哪里。

16

一面是好好活着；
一面狠狠地说，"死就死吧，也是解脱。"
不敢说的，敢做——

提前准备好棺木、寿衣、乐队以及丧服。
至于谁来不来，谁哭谁不哭，
在活着时
其实都已经完成。

17

名词代替动词，坐代替走，
无声代替叫喊，
远望代替牵挂，

代词不是
主语，形容词代替生活，
活着。

18

还不够心甘情愿。
所以，
还有沮丧。

19

醒、睡、梦，梦、睡、醒，
还是在路上。

——她，在身边——

接着，
梦、睡、醒，醒、睡、梦，
还是在路上。

——她，
已不在身边——

20

后事从来都是活人的事。
他们也有不耐烦的时候，
她在想——

他们或许更喜欢已死的肉体，更简便易行，

也不致招惹来
更多的谴责和
无语。

21

等着某人提出疑问。没有。
等着某人能够回答。没有。
等着某人说出真相。没有。
等着某人给予安慰。没有。
等着某人彻底拒绝。没有。

等着
某人，从人群中指认某人。
没有。

第八编：风吹过，我欢喜我不喜欢

那只蛐蛐不再鸣叫，给它的胡萝卜丁也几乎不再吃
迟钝已然成为一种保护
死亡已然更像一种安全

一种安静将替代一种嘈杂，成为叫喊
一种空虚将替代一种奔命，成为生活

风吹过，我欢喜我不喜欢（组诗）

吼秦腔：五典坡（二）

"大嫂！你家平郎回来了！"

于是，王宝钏就活了过来，在五典坡前挖野菜
理了理乱风中的头发
掸了掸尘埃中的身体
等丈夫过来问她：
"我的三姑娘去了哪里？"

"三姑娘早就饿死了，尘世再无王宝钏！"
说完这句话她就不见了

青天白日的，见鬼了
霎时间薛平贵胡须尽落
回到十八年前——

英俊后生与美丽女子
在寒窑泪水涟涟，盟誓发愿，一遍一遍
痛苦作别，像坏了的碟片
过不去
总是卡在同一个地方

结　果

每天黄昏，如果不下雨，鸟儿们就在
树枝间辩论
树叶是它们的听众
一些忍受不了争吵的树叶，就离开了
不过很快，就又有新的树叶替代它们
作为新听众

人们路过时，总是看不见鸟儿在哪里
人们总是空手而归

回到餐桌上的人们中了鸟儿们的咒语
也像鸟儿一样辩论

那些吃不饱的鸟儿和劳碌疲惫的人们
就早早睡了

不要担心，一切都好

鞋子放在田埂边上，湿漉漉地沾满了早晨杂草上的露水
他光着脚在麦茬地里拔草

脚底生疼，一小步，一小步
他找麦茬稀少的地方落脚

他担心鞋子

能不能在回家前晒干
温暖而舒适

这样就可以穿着它大步回家
回到家里
妈妈看到的就是干燥的鞋子

不然妈妈总是要说
湿鞋子更容易破
不能穿更长的时间

那样冬天就不好过了，穿着破了的鞋子
脚会更容易被冻坏

另一种慈悲

终于，他吃掉整条鱼
这下好了，不用担心
它会在水中死去

这下好了
之后一段时间他作为
鱼活着

鱼活着的时候不睡觉
他替它睡
鱼活着的时候不说话
他替它说

鱼活着的时候不记忆
他替它记

鱼活着的时候也受苦
这一点不用替
他也有自己的苦要受

孩子无辜

不远处几个男孩子在打仗
这事要搁在以前
我会去问个究竟，然后
给我判定为错的一方一个耳光

现在不再这样了
我只是平静地看他们相互殴打
只要不死人，就没什么
这是成长的事情

只是一想到他们
还要像我们一样
继续生活在一个由暴力解决
问题的世界
我还是有些伤心

枝条有所不知:
荒凉，没有对立面（组诗）

没有对立面

他是认识那片树叶的，在他每天经过的街道旁的树上
有一天它落到他的肩上
他向它问好
它却有些冷漠，随即去了别处

他还认识这树上别的一些树叶，虽然它们也不认识他
如果它们落下来
他还会问好
一样不为热情没有回应而不安

荒　凉

有时想想，他那么早就来而又去了，好像不是为自己而来，
　　而只是上天看一群人太苦了，只是让他来替代一群无声的
　　人说说话。
上天大概也对人的一些言行无能为力吧，但又不忍，所以派
　　了他来，而又不想让他因此受太多的苦，所以早早就又把
　　他领走了。

满目荒凉，荒凉的人世啊。

枝条有所不知

1

那片叶子已然离开树枝
但还是在风中有所不舍
不停地回望，不愿相信
分离已是事实
它还在为那最后的一瞥
使出所有力气：
由绿而黄，由黄而红
以至于由红而发暗发黑

2

它原是想要对仰望它的人打招呼的
却由于用力过猛
将它身体的叶子
抖落一地
那仰望的人因之被蒙住了眼睛
它却不知
他为何低头不语
它虽有失落，却也是即刻回到原处

3

树枝如果哭，落叶就是它的眼泪
树枝如果笑，落叶也是它的笑声

落叶知道这一切的秘密
树枝却还在
苦于欲哭无泪欲笑无声

4

这次公园里空空荡荡
没有人唱歌，没有人跳舞
这次公园里只有雨和落叶
坐满了空荡荡的椅子

中元节

亲人想，总有一天他也会醒过来，不再去十字路口为亲人烧
　　钱。钱没有到亲人的手里，因为钱的面额太大了，几乎没
　　有什么用，连阎王爷也不知道该怎么处理。

况且那里也没有像人间那么多的货物可以购买，饥饿的亲人
　　随便抓起身边的任何事物都可以吃，不需要钱。亲人已经
　　厌倦了人间的那种什么都要钱交换的生活。

但阎王爷还是规定亲人都必须穿衣服，因为他们没有形体，
　　如果不穿衣服，人间的人就不会在梦中辨认出他们的亲
　　人。而且阎王爷规定他们只能穿阎王爷自己签发的衣服。

所以他给亲人的任何东西，都到不了亲人手里。因为阎王爷
　　是因为人间最大的冤屈而死的，他想在他那里实现最大的
　　公平。

阎王爷有时也很生气，说你在那边时就迷迷糊糊，到了我这里还是迷迷糊糊，你去告诉他们，让他们清醒点，我这里不做交易。亲人说好吧，我这就去。

梦中亲人交代清楚了一切而且他也频频点头说知道了。可是他一睁开眼就哭着对身边的人说："亲人托梦给我了，那边需要更多的钱与衣服。亲人说他很穷也没有衣服穿，我们再多烧些给亲人吧。"

他完全相反地理解了亲人的意思。但那又有什么办法呢？活着的人们不都说梦是相反的吗？不能按照梦本来的意思理解梦。

所以他觉得自己一直是醒着的，庆幸自己没有被梦蒙蔽。来年他还是要去十字路口，给亲人烧更多的钱。

风画符

有像刀子一样快速划破皮肤的风，有像温暖的手一样抚摸的风，有像迷路者一样唱歌的风，也有像饿狼一样穷追不舍的风。

窗户有几个破洞，睡梦中那个人没有被子，房子阴冷。睡梦中的那个人就梦见一只狼或是一群狼追赶自己。他几乎就要逃掉，狼也几乎就要赶上。但永远没有逃掉，也永远没有赶上。

如果那个人醒来，风也就回到风。如果那个人没有醒来，也
　就没有人知道他被什么追赶，也没有人想到是风杀了他。

但他死后的姿势告诉人们，他很冷，很害怕。人们也就想到
　了各自害怕的东西，人们不敢再睡觉。

于是，人们长年累月地醒着，但又不得不做梦，又不敢告诉
　别人自己的梦。最后，人们就成了醒着而相互不认识的梦
　游者。

冬天已然来临

那只蛐蛐不再鸣叫，给它的胡萝卜丁也几乎不再吃
迟钝已然成为一种保护
死亡已然更像一种安全

一种安静将替代一种嘈杂，成为叫喊
一种空虚将替代一种奔命，成为生活

叫　魂

雅——克——！回——来——！
一个人这样喊了三遍，其他人就跟随着喊了三遍
笼子就打开、关闭、打开……
雅克就在回声中飞来飞去
回声开始挽救回声

在故土与出离之间

鸡蛋和黄纸是替代
公鸡还没有醒来，一个人的脸上就已
露出微笑

妈妈随之笑了。雅克也随之睁开眼傻乎乎地
喊饿，回到笼子里

笼子就到处开始找东西吃

还是轮回

阿难哭了。他不知世尊走后他怎么办
同样的事情也发生在耶稣的门徒身上

其实世尊三次问过阿难是否要他留下
就像耶稣三次告诉门徒不要睡着一样

但机缘都已错失，生命就是一场隐喻

而世尊慈悲，随后因一块腐肉而示寂
而耶稣也爱世人，说事情就这样成了

热风已经到来

清明前后，餐桌上下，他还要继续，痛饮——
"当风没有来时，他以为自己
可以佯装不知。"

而她在高处，
怜悯地看他，在反复的谎言中，
练习，干净。

而大河上下，热风已经，吹遍。
而与血液同样，有一条对等的脏水沟，不择
日夜，流淌。

影子身上长满了草 （一）

1

影子从高处落下来

2

园子里，树上的苹果掉进泥土
草棚已褪色、朽烂
守了很长时间的那个人
已不在

影子走过山坡
风，一遍遍呼唤着
但没有人回来

月亮愈加显得孤独
影子在屋顶上，顺着墙滑下来
在椅子上坐了一会
就又走了

3

远游即是归家
影子自语
故乡已是他乡

4

路说荒就荒了
房子说塌就塌了
人说走就走了

天说凉就凉了

而之前
这些都还是
煎熬

5

天空湛蓝
可以跳海

大地辽阔
就死待在一个地方

人而心苦

死活糊涂

6

终于都安静下来了

每次都是这样
先是落日藏于山后
接着群山模糊
飞鸟惊鸣，狗狂叫

后来是月亮，后来就都安静下来

仍然是黑夜
这只巨大沉重的手
重置和
安抚了一切

7

干裂的土地像池塘中枯死的荷叶
天上的那群羊，和地上的那些云，他们还做着各自的梦
有人还在配置新的春药

你、我、他们，我们都还是演员
万物是道具，天地是仪式
我们，一些已经为活着死去，一些还要为死去活着
在剧本还没有完成之前

在月亮还没有作废之前
我们，就都别再自作主张
中途退出

第九编：这去处我们一无所知

风在哪里点燃的，风还在哪里吹灭
从畜生到鬼到人到神
从地球到银河到宇宙
从无路可走到有一条路到有很多路
或者相反吧
从有很多路到有一条路到无路可走
从宇宙到银河到地球
从神到人到鬼到畜生
我们在哪里走散我们还在哪里相聚

这去处我们一无所知（组诗）

拿什么来保护你，孩子

院子早已废弃不用
雀鸟在这里安了家
春天
它们产卵
孵出幼雀

夏天
阳光温暖树木摇曳
我们来了
在院子里小憩
树枝上
雀鸟跳来跳去地叫
我们抬头
恰好看见烟囱

一只雀鸟甚至
在我们眼前飞过去
它想告诉我们
走吧你们
烟囱里什么也没有

你们走吧

我们走了
但并没有走多远
而是躲到一旁
看一只雀鸟
飞进烟囱

就是这样
它们做了那么多
其实并不能
保护自己的孩子
不被伤害
它都不知道
是它嘴里的虫子
告诉我们
看着吧
它要去喂自己的
孩子

■

太阳照过的地方，月亮重新照一遍
黑暗也会再照一遍

黑暗照过的地方，月亮重新照一遍
太阳也会再照一遍

■

唉

可怜的树叶
总是管不住自己的嘴
那人都已经
走了
它还在风中
沙沙沙地
说个不停
不像树下的大青石
一声不吭

唉
要是那人还在
就好了

□

开始，他们在黑夜，在河边
开始，他们生起火堆
开始，更多的松枝被加入，更多的松枝的香味散开
开始，有人跳，有人唱，有人饮酒
开始，他们手牵手

后来，有人累了，有人困了，有人醉了
后来，有人入睡，繁星布空，月西坠
后来，有人走进河里

第二天，孩子醒来哭了很久，之后他说：
"囊尻！让他去死——
我们还要活着。走，妈妈
我们回家。"

妈妈看看孩子
妈妈是知道为什么的
其实，或者妈妈也不知道为什么
妈妈只有生之愁伤
没有死之怨恨

生命

风在哪里点燃的，风还在哪里吹灭
从畜生到鬼到人到神
从地球到银河到宇宙
从无路可走到有一条路到有很多路
或者相反吧
从有很多路到有一条路到无路可走
从宇宙到银河到地球
从神到人到鬼到畜生
我们在哪里走散我们还在哪里相聚

米拉日巴之歌（二）

他们看到你全身发绿
越来越瘦，因为只有荨麻籽可食
你唱着道歌，不停地变幻身相
头顶空行母飞来飞去
他们想供养你
想让你留下
这群活在欲望死在失望中的人

贫穷的人或富有的人
男人或是女人
老人或者小孩
他们都想让你留下
你还是一次又一次去了雪山深处
遵从父亲玛尔巴的教诲

你给他们说："热穷巴我的孩子，
即便是你，也不要怀疑。
我留下来没用，
除非因错觉而倒立的人，
因错觉而解脱。"

诗　人

应当这样
只在弥留之际，印制一本自己的书
作为死亡的枕头
安睡其上

陌生人，你也去跳吧

黄昏，广场上
那一对一对的人儿
男男、女女，或者男女
他们沉浸于变幻的灯光
与起伏的乐曲
像是在另一个世界

梦游

我无限同情
这一旁郁郁寡欢的自己
却不知如何
安慰

自杀的十字架

他给了他们每一个人不死的理由
他教他们如何更好地活着
穷人与富人
如何更好地相处

他的许诺在每个人的心中
但要事无巨细，亲身作为

他最后的质问不是怀疑，是呼喊
"无辜的羔羊啊，"
他说，"你们能听见吗？
你们宁愿活在欲望的困局之中。"

慢些，看着台阶

晨钟敲响
他来了，在神前跪下
许愿

暮鼓之后
他拾级而去
想着

一个奇迹
一尊香火供养的神的
慰藉

影子身上长满了草（二）

月光照在人身上
镜前的人更孤单

月光照在镜子上
镜中人身影清凉

月光照在影子上
影子愈加凉薄了

月光照在凉薄上
凉薄草一样生长

■

他在镜子中看过自己，他愤怒的样子极其下流
这不是他想要的
他希望能与人不带愤怒地交谈
就像是谈论与己无干的事

他烂醉如泥地跌倒在镜子前

他说自己就是一个烂人
然后他更加轻蔑地说："你们都是烂人！"

他把上帝拉到马桶旁听他说：
"诗？生活？有区别吗？

难道写作就是为了推倒一个聋子的上帝
而重造一个瞎子的上帝？"

□

一个人扔出皮球
狗捡回来
看着他
他又扔出去
很好玩
狗又捡回来
看着他
好多次之后
狗还是捡回来
看着他
他突然感觉自己被愚弄了
把皮球扔得
更远
狗还是
把皮球捡回来
看着他
他要疯了
一点也不好玩
他踹了狗一脚

狗还是

看着他

他真的要疯了

跋 （代后记）

吼秦腔：斩单童 （三）

还要在这杀人场走多久。踩过的地方露出黑的脚印
远山一片灰蒙，枯枝似刀斧手
他走一走，回头看一看
一个一个在躲避的往日情怀
他最终发现，一行黑点固执地向一个方向弯曲
他就知道，他还要回来
使劲踮一踮脚底的尘埃
飞起的渣子，刺疼了他的双眼

一想到二十年后他还要回来，他突然大吼一声：
"呼呀——喊——一声——绑帐——外——哎——
某——单——人——不——由——笑——开——怀——"

"从诗歌开始，但不必在诗歌结束"

——杏黄天访谈录

受访者：杏黄天

访问者：于贵锋

时　间：2012. 9. 24—2012. 9. 27

地　点：兰州，网络

于贵锋：访谈开始。第一个问题：没有像你这样的，电子书500多页，太吓人，你是不是在偷着乐？逼迫别人有一种快感？

杏黄天：抱歉，如果别人要我读这么多页的书，我或许也会拒绝的，除非是与自己感兴趣或让自己困惑的问题有关。所以绝对没有逼迫的意思，也没有偷着乐。而是感觉要浪费朋友们的时间，十分抱歉。

另外，我最不能忍受的是别人逼迫自己。但生活中这种事处处都是，不是吗？或许有时换一个角度，自己也舒服些。

于贵锋：果如所料。从一开始你就让这种所谓的"访谈"变得很困难。这问题，有一半的目的在于"测试"。另一半的目的，在于谈论"访谈"这件事本事，在于自己对自己的认识。不知道为什么，我觉得你会不由自主地为自己涂一层油漆，你会有一种分泌的警觉。好像随时害怕会受到伤害。

杏黄天：首先没有"访谈"这种说法。我们是在交流，看能否找到一个"交集"，这样我们的谈论才会更流畅，你也就不会感觉到有一层"油漆"了。一个我们都可以放开来交谈的"话题",从中可以认识我们自己以及我们自己的问题。"不由自主地为自己涂一层油漆",这个倒是我始料不及的。

"有一种分泌的警觉",可能是潜意识的吧,或者是知识的伪装与教育。"好像随时害怕会受到伤害"也有同样的意思,或者是对"思想陷阱"的警觉与提防。"怕受到伤害"或许是怕遭误解,或许是渴望理解。

于贵锋:比方说,你可能没意识到,你是"有问必答",而且试图把这些似是而非的问题彻底厘清。你总是试图辩驳。这从内心表明,你实际上是一个非常认真的人,可以说有点"不苟言笑"。那么,这是自信呢,还是自卑?

杏黄天:可能都有吧。自信的时候与自卑的时候可能一样,都会表现为滔滔不绝或者沉默不语。有豪情万丈的时候,也有垂头丧气的时候;但更多的时候希望自己的内心是平静与安宁、清澈与开阔的。写诗或许就是为了认识自己与这个世界,达到自己期望的内心境界?有时候想,生活中太认真其实是不自信?诗歌中太认真其实是匮乏?

就像朋友批评的那样:"捏住个闸者死蹬!"

于贵锋:近二十年的心血,当它这么集中地展示于人,这么将你暴露于人,在渴望中,你是否也害怕那些最脆弱的部分被发现、被击破?害怕你苦心经营的一些东西失去支撑?你期望着怎样的结果?

杏黄天:我期望的结果?不知道。刚写作时想象过名利,但后来就明白那与自己内心的"黑洞"其实没多大关系。人在不明白时,往往将逻辑关系搞错搞颠倒了。"我"是一种关系的投射。边界是可以经营的,但内心的黑洞不是"我"能够经营的,是本来就在那里的。

"关系"时刻在变，怎么能有支撑？如果在以前我会以为有一个可以支撑的东西，现在我不会这样。逻辑起点是不能问的，条件是必须要遵循的，如果我接受了一个所谓的"支撑"，我就要时刻注意它不被质疑。这其实是一种错觉，当我意识到这个，我不会怕被击破，但或许，人会本能地隐藏自己脆弱的部分不被发现。

写诗或许就是一种伪装呢。

或者是相互的娱乐或自娱，或者是与自己过不去，或者是让自己放手，等等。总之，当诗歌是一个人有机的组成部分时，它可能是一种符号化的确认，也可能是为了否定与抹掉。

于贵锋：接着"我不会怕被击破，但或许，人会本能地隐藏自己脆弱的部分不被发现"问题：在生活中还是在写作中？

杏黄天：都有吧。不过在写作中我希望自己能更开放，更能接受各种相左的看法与批评。将自己的写作置于一个更广阔与更驳杂、更细微与真的境地，但最终是更"正大光明"与"圆融"的写作，而不是目前的"黑暗与偏执"，这是自己希望的。但还没有到来。或许不会到来。我们能琢磨的或许至多也只是"黑洞"的边界。

呀，你截取时去掉了前提"这其实是一种错觉，当我意识到这个"。也就是说，如果我没有意识到自己是在被错觉左右，本能的隐藏就会出现。而如果我意识到了，我就不会害怕被击破，因为我自己已先于击破解决。但一个时刻都能意识到自己的脆弱在何处的人在何处呢？

总之，我希望写作是一个自己走向开阔与大气的起点，是认识自己与世界的一个全息之网，而不是一个局限性的结束。至少写作应当为我无意义的生存提供一种意义，这种意义可能是哲学性的，也可能是宗教性的，或者是伦理道德性的等等。或者，与这些都是无关的，但对我来说，它是能让我认识与了解自己的"黑洞"与确定自己存在的。

落入现有的意义或超出现有的意义，都是需要"不怕被击破的"，"隐藏脆弱的部分"的本能，就是因为不能确信"意义"。

或许，一种写作方式的选择，就是一种生活方式的投射，有时是无法分清楚的。就像过于私人化的东西不会进入写作，却可以虚构一种私人化的生活进入写作，都是一种本能地对自己脆弱的隐藏。

于贵锋：看样子，在这个社会中，我们都有不安全感。确切地说，你最害怕什么？如果"鼹鼠"是一种逃避，是一种指认，是一种姿态，那么，"异己者雅克"又是谁？

杏黄天：我最害怕什么？不知道。这个恐怕不能一概而论。只能在具体中来说。大而无当的害怕是自己想象的，具体细微的害怕是太执迷的结果。或许是什么都怕，或许是什么都不怕。"最"是条件之下的产物，没有条件，"最"也就没法说。

关于"鼹鼠"，我写过一组《偏头痛》，可以参考；关于"异己者雅克"，也有一些诗歌，大致能体现其中的意思，如组诗《异己者雅克》《无忘忧之辞：香樟树被切割为香樟木后》《芜妄之辞》等。

其实关于"鼹鼠"，你也有过回应的，你的《万株雪》就是，在这里感谢你在诗歌中对我的鼓励与质疑。

不管是"鼹鼠"还是"异己者雅克"，这些问题对我而言太大了，我只能通过细节一步步来走，一切还都在过程中，还远远没有完成。它牵扯的问题极为广泛，不只是与诗歌有关。

"异己者雅克"是谁？正如你所说的，或许是一种逃避，是一种指认，是一种姿态，更是一种反观与洞察的需要。或者最后什么都是什么都不是，谁知道呢？

　　或许我所有的生活与写作，其实都是在"实践"这些与"看"这些。它们都是我内心的"黑洞"与生活的"光明"。我希望能从中确认与赋予"人"存在的尊严与意义。至少无论是从生活还是从写作来说，让一个人不是总是处于"恐惧"而是处于相对的"安全"。

　　不要被强加的问题所吓倒，但也不要被自己的问题所困死。"无所畏惧"是"知"之后的无所畏惧，而不是盲目的冲动；"敬畏"也是"知"之后的敬畏，而不是恐吓与强势之下的敬畏。这是人的尊严。诗歌或许正是在这一点上体现了"意义"。

　　于贵锋：越来越有意思。回到你前面提到的"黑洞"问题。那是个人的，还是我们所有人的？具体到你的作品，你的写作中个人化的东西多不多？和你认为的"黑暗与偏执"是否互相构成？

　　杏黄天：今天下午有点时间，如果你的时间也允许的话，我们多谈一会儿。

　　首先区分一下，个人与私人，我们将牵扯具体人的具体生活的事件界定为私人的，但将脱离了这种私人性的被重新认识与观照后的事件界定为个人的。这样，因为单个的人是在各种关系的边界与节点中的投射，当这样看时，个人就既是单个的具体的人的，也是"我们"的，因为"我"必须在"我们"中才能被确认，或者更广阔些说："在宇宙中被确认"。这样看时，"我"的问题也会是"我们"的问题。

　　这样说来，变为文字的东西，都将是个人的，但私人性事件已模糊，甚至不可辨认，因为不可避免的"我们"的介入。这中间有意无意的再生成，会产生"真伪"。对于我而言，如果它们与我的"黑暗与偏执"同构，就是"真"的，否则就是"伪"。

当然，确证与反证都可能产生"真伪"问题。就是说，"黑洞"的不确定性由于人的局限，正在这里。

于贵锋：又来了，但你还是没有回答我的问题。诗歌不是凭空而来的，它有兴发的根基。我觉得，正是这"黑洞"让你纠缠不休，身陷于"出生　哭　死"这样的循环劫，和自己，和生活，和诗歌不依不饶。这种纠缠使你的诗歌显得饱满、真实，有一种痛彻的疼，和无来由的怜惜。如按照佛家语，是不是太"执"了？

杏黄天：应当是一种很严重的"执"。那将这个问题先"悬置"起来？但怎么可能呢？用你的个人来说吧，就是从个人出发，但不在个人结束。黑洞应当首先是我的黑洞，但其次也是所有人的黑洞，只不过有些人可能一生都不会面对，那最后其实还是我的黑洞。但既然我会碰到，那总有像我一样碰到这个黑洞的人吧，我们总是会相遇会谈论它的。我当然祝福没有碰到的人，但他不是我要等的人。

其次，问题还可能是："重要的不是有我或无我，而是要时刻意识到它们的造作。"（《读城记：事物沉默的部分之造作》）即问题可能不在于"执"或者"不执"，而在于是否能时刻意识到它们。

当然我也更希望自己免于"黑暗与偏执"，所以我对"正大光明"与"圆融"心存敬意。它们为我们无意义的人生赋予了"活着的意义"。

但这种"正大光明"与"圆融"应当是经得起一再的质询与考验的，而不是"一击即破"。

于贵锋：那你如何"碰到"这个黑洞的？总不会是因为从概念上首先明白了"边界"，然后自己激灵一下，就明白了，并因此痛苦不堪？我想，你虽然在回避，但从你的作品中可以看出，个人事件还是严重影响了你。是"死亡"让我们充满了恐惧，是死亡造成了"隐痛"，如同一个黑洞，我们变成鼹鼠藏在里面，不断地说，越说越疼，越说这疼越宽阔，越深。即便如此，正如你说的，你依然觉得"洞还离自己不够远，不够黑，不够静"。

杏黄天：当然，首先"死亡"是一个大背景。但不牵扯到具体到自己，我们都是很少去想它的。但在这个背景以内，即"生存"之中，还有许许多多的"坑"与"洞"。说得直白明了些，就是如佛家所说的"财色名食睡"之类的东西，它们在满足我们的肉体与精神的同时，也在消耗与损坏我们。精神与肉体其实更多的时候是在相互教唆与抵抗的，我们希望寻得一个"完美"的平衡。

把诗歌作为一个中间媒介与调解者，这一样是诗歌需要做的。

于贵锋：或者说，诗歌基本的功用在于"平衡"自己？通过写作，首先让自己在"黑洞"能够有生存的勇气，然后才是其他。但你说的"圆融光明"，似乎更多是精神上的，而不是在生活中的"圆融"。对自身的存在状况，对我们的存在状况，你不满，但你又不弃。是这样吗？这也是为什么我非常喜欢《爱上一只猪的生活》这组诗的原因。当我读到"看着儿子的眼睛，突然爱上了今生/爱上一只猪的生活"这样的句子时，我说，这家伙，还行。或者，可能我们都过于理想化了，对这其中隐含的"向死而生"的悲壮，有点上瘾？

杏黄天：对我而言，正是这样！有一种说法是"精神鸦片"，生活中的偏执或许正来自于这种"精神的上瘾"。我们应当警惕！我倒希望自己在生活中是随意与智慧的，站在一种更为广阔与宽敞的境地来面对生活，是一种高于"所困"的"圆融光明"而不是追逐生活中那些被津津乐道的东西。有"不满，但又不弃"的不为之所困的智慧。

我们要将理想是什么看清楚，别把虚妄的想象当理想。或者，我们就根本不需要理想，而只要清醒、清楚、明白地活着，清楚"自己的问题"所在，认真地生活，有一种乐在其中的智慧与超脱。诗歌正应当为我们这样的生活提供一个自我疗伤与自我娱乐、警醒或愉悦他人与为人参照的去处。

于贵锋：也就是说，正是个人的、他者的，内在的、外在的，现象的和精神的，在拓宽你的视野和疆域的同时，获得了使你滔滔言说的思想激情和情感的厚度。而其中的硬度，是思想的结果，还是文本的需求？你知道吗，硬，有时会拒人千里之外。

杏黄天：当然首先是来自于生活，其次才是思想的结果，当变为文本时，就要与文本妥协，从而也会有文本的需求。但这两者之间的关系很难协调，它们有时会处于一种极为敌对的状态，硬，就或许是这种后果之一，这个责任自己要承担。这一点我还是意识到的。也向读我诗歌而不快的人致歉。

也正因为这种扭结，许多东西如果要找到一个适当的文本形式，就需要溢出诗歌或者出离诗歌。教诲首先来自于生活，而不是诗歌或思想。

于贵锋：但好像，从2011年开始，你的作品有了适度的软，有了湿润的气息，即使这湿润，依然来自疼痛和泪水。你这是与自己和解了吗？毕竟你说过："对不起，亲爱的/这么多年来，我总是在不厌其烦地训诫着你/但很失败"。要想改变自己的写作，就得改变自己的生活。我相信这话。你在探索适合生活的文本。没有想着去改变自己的生活吗？你的一天基本上是如何过的？不去和朋友们喝点酒吗？借此机会，你能否说一下你的"工业时代"？我觉得，工厂生活的那些坚硬的金属，那些强迫性的改造，对你的心理产生了很大影响，甚至它决定了你诗歌的质地。

杏黄天：我们来倒着说你注意到的问题。我之所以会冠之以"杏黄天的工业时代"，就是因为它对我的生活产生了或隐或显的不容忽视的影响。它当然也是我说的"黑洞"的一部分。没有前面的生活，也就没有后面的生活，这先后之间一定是一种前因后果的关系。之前就有一些朋友说，你应当继续你的"杏黄天的工业时代"，这对你而言有许多好处。但怎么可能呢？这个时代对我而言，即使不是在心里与生命中结束了，但也至少在时间与诗歌写作的向度上已经结束。它以后更多地对我而言是一种潜在的影子。没有在机械化的大工厂中生活过，是无法想象到其中是一种怎样的生活的，无论怎样，我都感谢生活与进入我生活中的人。

我基本上是一个很枯燥的人，不善饮酒与交游，偶与自己喜欢而喜欢自己的朋友海阔天空地瞎聊，其次就是按部就班地工作，有闲暇时间大部分也就是读读书。比如像你这样的朋友，在我的生活中是处于显著位置的。不只是你的诗歌写作。

生活总是在不停地改变的，我们还要改变什么？……或许，那些以前对我都有无可避免的诱惑的东西，它们现在一样对我充满诱惑……但我现在知道，它们与我现在要到达的地方没有多大的关系。我不再会谴责，但我也不再羡慕。说得更小些，我只希望所有的人，包括我所爱与爱我的人们平安、心安，即使我们多么微不足道。

而我的诗歌，我也希望由急流险滩走向开阔舒缓，更具容纳与大气。"要想改变自己的写作，就得改变自己的生活。"还可以缀一句，首先得改变自己的心态。但也不要误解，以为"改变心态"就是全然接受"生活之恶"。还是帕斯卡尔那句话："我要同等地既谴责那些下决心赞美人类的人，也要谴责那些下决心谴责人类的人，还要谴责那些下决心自寻其乐的人；我只能赞许那些一面哭泣一面追求着的人。"但这种谴责不再是浅薄的低层次的。还是卡夫卡那句话："主观的自我世界和客观的外部世界之间的紧张关系，人与时代之间的紧张关系是一切艺术的首要问题。"

说到生活，应当注意："身有所忿懥，则不得其正；有所恐惧，则不得其正；有所好乐，则不得其正；有所忧患，则不得其正。"说到心境，应当是："圣人之心静乎，天地之鉴也，万物之镜也。"说到理想，如果有理想的话，也是"为天地立心，为生民立命，为往圣继绝学，为万世开太平"之类的。

最后，即使不能与自己和解，也应当时刻意识到与反观这种不和解的真相与存在的必要性，而不是盲目与无知地赞美或谴责、顺从或反抗。

于贵锋：引用得太多了。你这是偷懒啊。但我还是喜欢帕斯卡尔和卡夫卡的那两句话。在你主持的"异己者"论坛上我就注意到了。当时就被这两句话所吸引。我觉得这正是你诗歌的"钥匙"。

杏黄天：是有一种互文式的回应。当然在背景与细节的实现中还是有各自的不同。以别人的思考代替自己的思考，当然会省劲，但也使别人的问题不自觉中变成了自己的问题，其实可能那问题与自己压根儿就没关系。

于贵锋：通过这种方式，可能是"肚子痛"而不是"偏头痛"，鼹鼠实现了向下的、向深处的挖掘。

杏黄天：可能吧，"孤独并非来自你所看到的高度，而是腹下的深渊"（《鹰在渊》）。但同时，"我为自己准备两张无形之网//一张暗藏在落向深渊的途中/免于像那个德国老头子一样//另一张免于奔向太阳之际//经验告诉我/靠任何事物太近/都有死亡的气息"（《鹰之训诫》）。

于贵锋：越向下，就越向上，这样中间的空间会逐渐扩展。事情的两个方面，是一而二，二而一。上升和沉坠交会之处，是诗歌和思想碰撞之处。当然不是简单的二元论，横竖坐标线是一个基准，不同的象限在伸出触角，寻找融合或不同。这比起单一的诗歌向度来说，太难了，但正是在这样的挑战中，诗歌在尖锐中透出一份庄严，在谴责中有深刻的自省，在静止中有一种奔走，在哭泣中不忘赞美。

杏黄天：说得太好了！这正是我们交谈到这里时，我们的诗歌观念可能的交会之处。以此为基准，对于你来说，是更偏于通过感性与意象来认知与思想，结构自己与世界；对于我而言，则可能更是偏于思辨吧。也正因为此，我的诗歌中所缺少的那些"水灵灵"的东西，我正是在你的诗歌中读到了。在此，我要感谢你！

于贵锋：我说的是你啊，是我对你诗歌的基本认识。不错，正因为我有理性的一面，在诗歌中我是十分警觉的，即使这样，还是出现了许多问题，为人所诟病，为己所不满。对习惯的克制，或者说克制，本身就是诗歌创作所遵循的。基于这一点，我为你担忧，不满于你的痛快言说带来的"多余物"。我认为，凭你的才智和对诗歌的认真与"执"，完全有能力达到感性与知性平衡、骨感十足但不失温润、充满启示的更优秀的作品；我相信你的更重要的一点原因还在于，你从不脱离开自己的生活和生存状况去创作。实际上，即使以现在的状况，也已经令人震撼。你是"养在深闺人未识"啊。但这种震撼，被你思辨的上瘾以及语言上处理得不够干净等情况所减弱。实质上，类似《无妄界》等这样的精短诗作，已经传递出了大量的你所需要表达的信息。我觉得这不单纯是诗歌文本的需要，因为无论如何，诗歌还是有它自身潜在的边界。有些东西，完全可以通过其他文体去解决。反过来说，诗歌解决不了我们的生活和精神上出现的所有问题。

杏黄天：是。关于我的问题，我们以前私下也讨论过多次，我完全接受，也感谢你！但事情往往是，认识到是一回事，要改变是另外一回事。所以还需要过程，需要极大的耐心。我的这个问题很严重，我们来相对仔细地讨论一下，也夹杂一点辩解：

1. 为什么诗歌中一有理性，就为人所诟病？不满？感性与理性为什么总是不能取得平衡？恐怕问题不在于是感性的还是理性的，而是在于，当我们认识自己与世界时，不是"遵循本然的教诲"，而是先行灌入了观念或经验。此外，说到阅读与接受，还有一个作者与读者是否相遇与相互妥协的问题，也就是说，无论是对于作者还是读者，都没有无条件地进入这个说法。

2. 正如你所说的，写作到一定程度后，都有溢出与出离现有文本的现象。对于我而言，可以说，"从诗歌开始，但不必在诗歌结束"。有时甚至在我内心有一个声音在说："是不是诗歌又能怎样呢？"

3. 或许我的问题正在于更偏爱"痛快的言说"及由此所带来的"多余物"。而这正与目前所流行的诗歌观念不一致，所以有这样的"遭遇"也是情理之中，自己应当有清醒的认识。但同时，也要认识到："任何思想与技巧都没有过时这一说法，当它处于自身的完满与自足中时，它就是长存常新的。"

4. 当我们接受"诗歌解决不了我们的生活和精神上出现的所有问题"时，我们自然就不会再在这一点上为难自己。这正是我以为的"觉醒"与走向开阔的开始。无论怎么说，我们还是应当相信自己的判断与努力。

于贵锋："从诗歌开始，但不必在诗歌结束"，有此自信和觉醒，自是有更大的抱负，谈论它的意义也必然超出了诗歌范畴。如果诗歌的"溢出"会因其庞杂而难以彻底厘清，那么必然又会陷入诸如什么是诗歌什么不是诗歌这样一类像我上面提及的无聊问题。但愿你不要在意我的"不满"，虽然我知道这有点困难。一个认真的人，怎么会不在意别人的看法？尤其当我们和世界交流的方式，是以诗歌这样一种被赋予了许多外在意义的文体进行时，就必然得时时检视自己沉溺或被干扰的心性。能在自己内心的道路上坚定地走，这不单需要勇气，更需坚韧的承受力和拒变力，为你的与众不同而高兴，也为你与"人"的不离不弃而高兴。谢谢你被我折磨了这么久，谢谢你逼迫自己"过分"地谈论了自己。愿有更多的人，能和你相遇，被你的矛盾所吸引，被你在黑暗中发出的人性之光所吸引。

杏黄天：当然，我会很在意你的"不满"的。没有"无聊"的问题这一说法，否则我们就会自我否定了，怎么能这样呢？我们所有的努力不就是在"自我肯定"么？或许谈论问题而"溢出"，"溢出"而谈论问题，本来就是违规与没有未来的，所以我才说："无可替代：当生命中只有冬天"。所以只有感谢！真诚的感谢！

于贵锋：怎么样？以后有机会吧。应该还有许多问题，许多相同和不同的地方值得我们花点时间。

杏黄天：当然，这些还只是我们谈论的问题的一面，希望能有另外的机缘让我们能从另外的方面再交流。要谈论的问题太多了，先到此为止吧。等以后好让我也有机会"折磨"一下你。

在此让我们相互感谢：这对于我们两人都是一个考验。首先是对于我们耐心的一个考验。其实从一开始，我们的内心就有一个声音在说："总算可以结束了。"现在真的结束了。谢谢你！

于贵锋：谢谢你让我反折磨了一把，这就是人性！

诗人评论

诗歌浩大神妙，诗歌也风云际会，大浪淘沙，但只有在极少数诗人的身上，才能看见一种深沉的使命感，一份沉潜与暗夜疾行的决绝。我和诗人杏黄天同处一城，虽不经常见面，各安其命，然而这并不妨碍我带着歆美的目光，看见他在诗歌的疆土上马不停蹄，凿试着手中的技艺。无疑，他就是我所指证的那极少数中的一员。

——叶舟

我在试图概述杏黄天诗歌的特性时遇到了困难：他颇具分裂意味的语言气质、时而诡异的叙述风格、写作进程中强烈的变轨冲动，给我留下很深的印象又让我觉得难以归类，或许正是这种不能归类，才是他真正的潜力所在。

——陈先发

在当代中国的诗歌版图上，甘肃从来都是一个醒目的存在。杏黄天的写作延续了这种神奇，并为已有的"西部诗"的概念拓展了新的外延。他的诗既有文化背景意义上的苍凉感，又有后工业时代物质对人的挤压的紧张和无助，汗水与泪水交织，热情与冷峻并置，恰到好处地衬托出了一位极具个性、血肉丰满的诗人形象。

——张执浩

何不度是被当代所忽略的重要诗人，他为当代诗歌贡献出一个异度空间。在这个空间里，他为我们保留了一个巨大的废墟——由庞大的工业机器和废铁所纠缠的集体主义的梦魇。与此同时，他扎根自己的内心，成为时代流行美学趣味中的"异己者"。他形而上的对存在的思考和形而下的对生活的深入，使他的诗歌始终处于时代的现场。重要的是他超越了这一点，成为卡夫卡意义上对荒诞的凝视者，和加缪式的对虚无的反抗者。在此，对他诗集的出版报以特别的期待和同道的祝福！

——毛子

何不度的诗，以"证谬"为本，挖掘工业时代的荒谬与平庸物化生活的虚伪，与泛农业腔调的西部诗决绝背离，形成了以人性为核心、带有哲学思辨意义的个人坚守，殊为难得。

——刘川

杏黄天的语感非常美妙，他有一种让诗意在语言中自动生成的能力，这是天赋；但他诗的语言通常又是及物的，他会让这所及之物轻灵起来，或干脆虚幻掉，而真相/真理又深藏其间。这大概就是真正的诗了——诗是你说出的那些东西之外的东西。

——朵渔

诗人在野，我突然想到这么一个句子，因为我想到一个诗人：杏黄天。他还有好几个笔名，如：何不度、舍姆斯、雅克……他的诗歌也有着变化多端的面孔。变化即创造的能力。他是精力旺盛的诗人，有着野生的蛮力，像吃了野粮食一样疯长。但在善变当中，他诗歌的语言越来越趋向干净、考究，保持着明澈的品质。另一方面，由他语言塑造的灵魂的影像却充满了紧张、不安、焦虑、挣扎、苦闷，构成现代荒原上真实的图景。

——古马

不度的诗歌不会言之无物。他所有的诗行都在探究生死的奥义，以及在一种必死的命运中生命可能的救赎之路。他用诗歌记录了他在追随一条若隐若现的道路的漫漫征程中曾经感受过的喜悦与悲伤、孤独与绝望，以及在死亡的逼视中，事物终于获得的一种最初的秩序。

——泉子

图书在版编目（ＣＩＰ）数据

异己者雅克 / 何不度著.-- 武汉：长江文艺出版
社，2019.1
ISBN 978-7-5702-0585-1

Ⅰ.①异… Ⅱ.①何… Ⅲ.①诗集—中国—当代
Ⅳ.①I227

中国版本图书馆 CIP 数据核字(2018)第 200345 号

责任编辑：谈　骁　　　　　　责任校对：陈　琪
封面设计：庄　繁　　　　　　责任印制：邱　莉　　王光兴

出版：长江出版传媒　长江文艺出版社

地址：武汉市雄楚大街 268 号　　　邮编：430070
发行：长江文艺出版社
电话：027—87679360
http://www.cjlap.com
印刷：武汉市首壹印务有限公司

开本：640 毫米×970 毫米　　1/16　　印张：24　插页：2 页
版次：2019 年 1 月第 1 版　　　2019 年 1 月第 1 次印刷
行数：8980 行

定价：58.00 元